培根人生论

欧洲哲思随笔经典

〔英〕培 根◎著
高连兴◎译

最新畅销译本

时事出版社

图书在版编目(CIP)数据

培根人生论:最新畅销译本 / (英)培根著;高连兴译. —北京:时事出版社,2015.1

(欧洲哲思随笔经典)

ISBN 978-7-80232-810-5

Ⅰ. ①培… Ⅱ. ①培… ②高… Ⅲ. ①随笔-作品集-英国-中世纪 Ⅳ. ①I561.63

中国版本图书馆 CIP 数据核字(2014)第289135号

出 版 发 行:时事出版社
地　　　址:北京市海淀区万寿寺甲 2 号
邮　　　编:100081
发 行 热 线:(010)88547590　88547591
读者服务部:(010)88547595
传　　　真:(010)88547592
电 子 邮 箱:shishichubanshe@sina.com
网　　　址:www.shishishe.com
印　　　刷:北京建泰印刷有限公司

开本:787×1092　1/16　印张:16　字数:160 千字
2015 年 1 月第 1 版　2015 年 1 月第 1 次印刷
定价:28.00 元
(如有印装质量问题,请与本社发行部联系调换)

前言

俗话说："一理通百理明。"意思就是说当人们知道了一种道理后，那么就能举一反三知道其他相似的道理。培根的作品虽然历经了 400 年，但从没有因为时间的洗礼而褪色，反而历久弥新，让越来越多的人知道了培根。培根的文字优美而浅显，如果能够细心品读就能知道当中的道理，即使很多的内容都与他当时所处的国家环境有关，但这一点也不妨碍我们对他作品论述的观点的理解。

本书囊括了生活的方方面面，包括政治、经济、人性、信仰、道德等。作为 21 世纪的新人类，人们都很注重经营自己的人生，但很多时候都没有具体的规划，或具体的措施。阅读培根哲思散文，相信会让你对人生有一个全新的了解，从而做出相应的改变。如什么样的处世态度才是正确的态度，自己拥有什么样的人性弱点，并且它对自己的日常行为影响大不大等等，这些都会从本书中找到答案，并让你陷入沉思，最后让你的心灵得到洗涤，用全新的面貌面对人生、规划人生，让人生更加多姿多彩。

本书也是一本人生问题思考成果的书籍，它从不同的角度诠释人生常见的各种问题，让我们能够从中获益，用更好的态度、更好的方法面对问题，解决问题，从而获得最佳的答案。

什么“答案”才是最佳答案呢？其实没有任何标准，有的只是最适合。每个人的人生都是一本非常有个性、有特色的书，不同的人面对相同的问题也会有不同的答案和解决方案，选择的方式方法不同，得到的结果也会不同，最后造就了精彩各异的人生。就像在“谈报仇”这一章节中，培根引用了所罗门的一句话：“一个人头顶之所以拥有光环，是因为其能够以德报怨。”这也表明了一个人面对仇恨应采取的报复方式就是以德报怨，也因为这种方式让其拥有了“光环”。能拥有光环也是人生的一种境界。

好书不是时时有，哲理不是时时通。本书是一本字字精华、句句经典的书籍。培根很擅长运用优美的词句，让人像进入仙境一般，旁观当中发生的故事或通过这些语句知道一些重要的哲学思想。如果你对人生感到困惑，这本书的内容能让你明晰自己的心意，然后重新出发，让自己活出不一样的人生。

目录

CONTENTS

Chapter 1

谈真理

幽默的彼拉多曾问过这样一个问题：“真理是什么？”但他并没有希望找出正确的回答。在生活中，人们总喜欢找出自己想要知道东西的答案，甚至喜欢随意地发表自己的意见，并用这些缺乏依据的意见影响自己的行为和生活。当然，现在这种现象并不多见，但总有一些自以为是的人喜欢夸夸其谈，发表那些看似虚无的理论，这些理论与古人相比还相差很远。人们之所以喜欢发表虚无的理论并不是因为这些理论经历了时间的考证，也不是他们喜欢引经据典，更不是因为他们获得这些理论需要很长时间的努力，而仅仅因为人的本性，即使很清晰地知道这些理论缺乏论据的支持，但他们还是喜欢这些虚无理论所带给自己的乐趣。曾经有一位哲思学家对这种现象加以研究，经过长时间的观察，他发现人们喜欢这些虚无的理论并不是因为它们像诗歌一样能带给我们韵律感，也不是因为它们能为我们带来利益，而仅仅因为喜欢这些理论的本质罢了。

这就让我觉得更加费解，在我看来，所谓的“真理”不过是一件洁白无瑕的衬衣，除了洁白外没有一点过人之处，远不像太阳一样拥有光辉和热量。真理就像一颗洁白的珍珠，在阳光的照射下找不出一点瑕疵，但相对于红宝石、蓝宝石这些具有折射效果的珍宝而言，它会显得十分逊色，甚至有点普通。

但人们之所以喜欢虚无的理论，或许是因为它渗入了一些虚幻的东西，这些东西让人陶醉。相信没有多少人会对以下这些观点持否定的态度：当一个人怀抱希望，头脑中幻想着一些美好的事物，而且这些事物让自己身心感到愉悦，如果有人突然把他心中这盏希望之灯熄灭，他便会感到痛心疾首。即使不是别人，而是自己相信，也会感到这是一种折磨，而且是一种十分消极揪心的折磨。

有一位先哲曾把诗歌称为“迷药”，因为诗歌的内容通常都脱离了实际，拥有浪漫的色彩，让人们在浪漫的氛围中不能自拔。当然，这些情感只存在于那些自甘堕落的人身上，有智慧的人从来都是从现实出发，寻求生活的真理，然后让真理陪伴自己左右，并对生活的考验做出正确的决定，这也是人性最真实的体现。

造物主很有智慧，他先为人类创造了光明，让人们感受光明带来的快乐，以及利用光明看清身边所有的事物，用明朗的心去接受和理解事物。另外，造物主还让人们享受智慧的光芒，让他们坚持不懈地追求这些智慧，让自己活得其所，并不断地在生活中探索属于自己的那缕光，然后根据光的指引走出一条属于自己的独一无二的路。

曾经有一个学派的哲思很少被大众所接受，但有一位诗人却把这个学派的哲思形容得恰如其分：如果说观看在海上乘风破浪的帆船是一件让人兴奋的事，又或者说看到战争的打斗场面是一件让人感到斗志激昂的事，那么站在真理的巅峰上往下俯瞰将是一件让人无比兴奋，甚至心潮澎湃的事。因为从来没有一种高度让人感觉如此敬畏，让人像站在云端一样，把世间的所有事物都一览无遗。相信没有比这些更让人激动的事情，当然我们必须保持谦卑的心，让自己凭借真理去判断事物，然后享受生活带给我们的赏心悦目和心旷神怡。

真理有很多种，有的源自理论、有的源自哲学、有的源自生活。但无论怎样，我们都必须保持真诚，因为没有任何人会拒绝真诚。就像那些金币、银币一样，他们的铸造渗入了一些让其坚硬的物质，但这些物质的渗入不但没有让其增值，反而贬值，因此，任何渗入虚假物质的东西都是难以被人们所接受的。我们必须保持理智、保持真诚，用真诚的心换取真正的友情、爱情、亲情，也只有这样，我们才能让自己实现生活的价值，让自己的生活变得充实。就像蒙泰涅说的那样：喜欢说谎的人就像在神的面前不诚实，但却在人前表现十分怯懦。人们之所以说谎就是为了掩盖自己的懦弱，不敢在人前承认自己的错误，最后做出背信弃义的事情，让自己在谎言的泥潭里越陷越深，最后整个身体都遭到严重的侵蚀，灰飞烟灭。就像人们对于耶稣降临说的那样：他将不能找到一个值得信任的人。

Chapter 2

谈死亡

死亡让成年人感到害怕就像黑暗让孩童感到恐惧一样。孩童之所以害怕黑暗是经历的增加所导致的，而成人对死亡的惧怕也是因为经历的增多。

当人们做了一些饱含罪恶的事情时，就会想到死亡，这是对自己罪恶的愧疚以及想象的最坏结果。人们之所以这样想是因为人性本善，都不希望自己产生罪恶，但当碰到一些让自己恐惧和懦弱的事情时，会不由自主地做出让自己后悔的事情来。

想象在宗教中是一种自以为是和逃离现实的行为。曾经有一位修道士说过一种可以体验死亡的方法，就是对自己的四肢加以酷刑，这种痛苦远远高于死亡带来的痛苦。因为人类最敏感的部位是四肢，当他受到酷刑时的痛苦是撕心裂肺的，但最致命的部位并不是四肢，当其受到攻击或打压时，其痛苦也远不如四肢。就像曾经有位哲人说过的一样：死亡前受到的痛楚远远大于死亡本身。

死亡前人们的意识都很迷糊，但因为周围的环境让人们对死亡感到十分恐惧，如身体逐渐冰冷、僵硬，耳边不时响起亲友的哭喊声等等。

即使人们面对死亡的时候会感觉很恐惧，但如果周围有很多随从陪伴自己，又或者自己的心中充满仇恨，希望发泄出来，又或者看到爱人瘦弱的身影，痛苦的哭喊等等都有可能让濒死的人坚定自己的意志，勇敢地面对死亡、战胜死亡。就像很多部下看到奥索大帝自杀都产生了怜悯的心，然后纷纷采用极端的方式—— 一起赴死，来表达自己对大帝的感情。这时的人们被怜悯之心占据了心灵，因此战胜了对死亡的恐惧，让自己大胆地追随大帝共赴黄泉。又像塞内加说的那样，有时厌烦和精神懈怠也会让人感到死亡并不可怕。日复一日地重复着一个动作，日复一日地做着同一件事情，让自己的生活毫无激情，没有一点乐趣，最后也只会想到结束生命。另外，死亡对于那些心态极好的人来说也是一件不值一提的事情，因为他们即使面对突如其来的打击也能用最佳的状态去迎接。就像奥古斯都·凯撒死前还让自己的妻子谨记婚后的生活，安抚其不要因为他的离去而伤心、痛苦；提比利乌斯死前也摆脱不了其虚伪的本性；维斯帕先也继续幽默地说着自己将要成为神明；加尔巴被砍杀前也大声地喊道：“没什么，不过是做了一件有益于罗马人民的事情。”谢普提米乌斯·塞维鲁也曾大声地询问世人，有没有什么还是要他亲自去做的事情，等等。

当然，也有像画廊学派那样对死亡十分重视的做法，他们喜欢在死亡前就把一切准备就绪，但相信这种做法不是大众能够接受的，因为这让死亡看起来更加恐怖。又像有的人说的，死亡像出生一样来得自然。这看起来似乎更有道理，因为死亡也像出生一样是神的恩赐，它让我们享受生命带给我们的快乐。当一个人认真地生活，认真地实现自己的价值，那么即使死亡之神突然降临，他也能泰然处之，因为对他来说，自己已经无怨无悔地生存了一次，死亡不过是生命结束的一个过程，他不过是把最后这个过程完成罢了。

因此，死亡并不可怕，可怕的是在死亡前你没能珍惜生命带给我们的快乐。如果一个人死亡前被人羡慕及嫉妒，那么其死后一定会被人们所追忆。

Chapter 3

谈信仰统一

宗教信仰是人与人之间联系的重要桥梁，如果能够把信仰统一起来，这将是一件让人感到赏心悦目的事情。这是那些不支持信仰的人所不能体验的，因为他们都没有真正的信仰，即使他们时不时会参加一些仪式和典礼。

关于统一教会信仰这个问题，我认为有几个问题是需要解决的：会有怎样的结果，什么是设定的界限？什么样的方法比较适合？

统一会有怎样的结果，这个问题的答案有两个：一个针对教会外的人，一个针对教会内的人。对于教会外的人，他们存在各种思想，这些思想很多时候都比较恶劣，他们并不喜欢被什么东西束缚，对于他们而言加入一个教会是没有意义的，这比参加那些让人闻风丧胆的行动，如杀人等更为恶劣，因此他们无时无刻都会中伤教会的一切，并立誓永远不加入教会，这让本来身处教会内的人也会受到影响，甚至想脱离教会。就像我们经常听到的那样：

“这个人竟然站在旷野中。”“这个人居然在秘道里。”这些看似很不平常的举动，很多时候都会被异信仰的人认为是疯子。就像有一位宗教的教主告诉教徒的一样：“不要随意在那些异信仰的人中表达你的见解，这只会被认为是一种怪异的行为，甚至遭到别人异样的眼光。”这些现象不但出现在异信仰的人之中，那些无神论者也是不能接受那些所谓的信仰习俗的，因为他们不知道信仰的含义。因此，即使听到异信仰的人被赶出教会也不要觉得奇怪，这或许是同信仰的人对待他们最好的方法，就像有一位嘲弄大师在他的作品中说到的那样：异信仰的莫里斯舞。

那些看似比较高尚的事物，在异信仰的人看来都是十分诡异的，他们不能接受这些另类的仪式或典礼，因此没有能比蔑视更好的表达他们对待异信仰的人的态度。

信仰统一最好的结果就是和平。善举都是在和平的环境产生的，仁爱是和平的产物，信念是通过和平激发树立的。因此，统一信仰能让人们感到十分平静，而且能让那些经常听到的争论戛然而止，因为人们的注意力不再在争论上，而在那些信仰的条文之中。

但信仰统一的界限是什么，这是人们十分关注的问题，因为它的界定是十分重要的。对于这个问题的答案同样有两种。在一些比较极端的活动分子中，他们认为和平和理论都是十分让人讨厌的。“国王，和平就是这样的吗？这与你有什么关系？你还是躲到我身后去吧。”因此，党派才是统一信仰最大的问题，而不是和平。但在老底嘉派和温和派的人看来，这些信仰问题可以采用折中的办法来解决，就像他们要在信仰和人性中做出选择一样。

这两种划分的方式都是不可取的，因为就像一些宗教条文一样，当一个人选择了这种信仰，那么就是我们这一边的人，如果一个人没有选择任何信仰，对这种信仰也不持否定态度，那么这个人也是这一边的人。这种做法看似有失公平，但却能很好地把那些所谓的教派、分歧、意见、希望等事务较好地区分开来。这或许对于很多人来说都有点微不足道，但其的确把这些看似难以解决的问题解决了，从而使那些所谓的党派纷争减少，而同一信仰的人却意外地增加了。

对于纷争解决的方法我有小小的提议，虽然这只是个人的见解，但希望人们能够接受，这样我们才能共享教会的一切。当引起纷争的事情显得有点微不足道时，我们大可放缓心情来接受这些事情，只要我们放宽心，原来刺激我们神经的东西也会显得细小，甚至不能被我们所发现。就像有一位信奉基督教的作家所言：信仰有时看似十分稠密，但教衣的颜色却五彩缤纷。因此，所谓的统一和分裂不过是一种基于人的定义，一切都取决于人。还有一种情况是，当争吵非常激烈，导致争吵的双方都失去了理智，完全偏离了原来争论的轨道时，这些争吵就会变得毫无价值可言了。就像一个具有哲学性思维的人，他总认为自己已经把握了世间的真理，因此，即使有时听到那些没有受过哲学性教育的人说出了具有哲理性的话语，他也不相信这些话语的真实性，在他看来，这不过是那些才疏学浅人的谬论罢了。

这也是人的本性，总是不能相信别人和自己一样拥有哲学性的思维，就像不相信神会洞悉世间的一切一样，总是对这些现象抱有怀疑的态度。圣保罗对此也做了比较合理的解释：总是把那些创新的哲思认定为世俗理论的敌人。正正因为这种思想态度的存在，让人们做出矛盾的举动，这些举动却使得原来值得深究的理论变得毫无意义可言。因此，所谓的统一与和谐有时是由两种假象造成的，一种是人们屏蔽了真知，让人看不清事情的真相，因为当所谓的真理被掩埋后，很难被人们再次发现；另外一种却是混杂了矛盾的现象，这种矛盾很多时候都可以分离，就像金属和水一样，无法融合在一起，总是能把他们区分开来。

统一的方法是什么？这是我们需要谨慎思考的问题，我们不能因为信仰的统一就把那些长久以来有益于人类社会的秩序和仁慈破坏，这将严重影响人类社会的发展。基督教的信徒们都知道信仰是人文精神和世俗事物的结合，这两种组成的因素是各司其职的，是互相制约和互相促进的。但还有一种因素会影响信仰的统一，就是穆默德因素，或与这种因素类似的因素。因为这种因素没有一点人性化，它是以人的生命和社会的安定为赌注，为了获得某种东西而目空一切，使用暴力的手段去夺得。但如果是因为正义，打压那些非道德的行为，那么这种因素才会得到支持，相信没有人会拒绝为了正义而战。因此，人们应该理智对待这种因素，不能为了一己私欲而刻意瓦解既定的环境，这将会被载入史册，遗臭万年，最后只能枉为人。

诗人卢克莱修看到阿伽门农将自己的女儿奉献给宗教时，痛心疾首地说："这种牺牲真能遏制恶势力吗？"如果英国的火药事件和法国的大屠杀被卢克莱修知道，相信他会对这些行为的厌恶程度提高几倍。因此，我们必须认真地对待这些所谓的宗教信仰，不能被其蒙蔽了双眼，这只会让那些生活在普通阶层的人们遭到宗教的残害，这是一种让人难以容忍的事情。

这些所谓世俗的宗教惩罚方法最好用于那些没有道德的人们身上，就像曾经有人说自己要成为黑暗的霸主，统领百姓苍生，让他们跪拜在自己的膝下。所有这些都让人感觉他们是在亵渎神明，甚至是新一代残害百姓的恶魔。又像有些宗教盲目地指使那些被宗教残害的人去杀害其他人，让他们除了自己看不到任何人，对于这些信仰相信也是难以被人们所接受的。

一个有信仰的民族从来都是一个疾恶如仇的民族，就像那些明智的君主挥起利剑亲手把那些残害民众的恶人杀害一样。社会不需要那些喜欢残害民众、亵渎神明、误导伦理的人，否则只会助长了民众的愤怒情绪。在愤怒的情绪中，又有多少人能端正自己的意志，让自己不昧着良心，去做一些有意义于社会的事情？相信能做到这些的人真是少之又少，因为在盛怒之中没有对的事情。另外，那些指引人们去干影响社会生活秩序的人，通常都是自私的人，因为他们只关心自己的利益。

Chapter 4

谈报仇

每个人都有报仇的心态，这种现象源自人的本性，但这种现象越普遍，法律就会越禁止支持这种行为。因为被报复者只是触犯了法律，法律的责任就是将其绳之于法，但如果一旦这个人被报复，那么法律的效能就会随之消失。

一个人如果要对那些加害他的人进行报复的行为，那么其本性和施暴者的就没有什么不同之处。一个具有王者风度的人从来都不会抱着狭隘的心态对待向其施暴的人，他们都拥有宽宏大量的气度。所罗门曾经说过一句具有哲理的话语：一个人头顶之所以拥有光环，是因为其能够以德报怨。因此，一个有智慧的人从来都不会和过去的事情较劲，他们总是把精力投放在现在进行的事情上，为自己的未来打好基础。那些太执着于过去的人，从来都是杞人忧天的人。

他人之所以对你施恶，是因为他们喜欢自己多于喜欢你，对于这种人我们应当学会视而不见，因为没有人愿意把时间浪费在一个喜欢像自己施恶的人身上。另外，有些人的本性为恶，因此，他们无论何时何地都喜欢欺负别人，他们的这种行为是一种懦弱的行为，因为他们除了施恶之外就没有其他能显示他们能力的事情了。

有一种情况我们可以实施报复的行动，就是这个人对我们施加的恶没有法律能够将其严惩，当然我们行动之前一定要考虑清楚自己实施这一行动是否有相应的法律措施会对我们实施制裁，否则我们将会永远是失败者。

当然，有的人之所以报仇，不是为了让别人承受一样的伤害，而仅仅希望对方能够知道自己做错了什么，并且及时反省，改过自身。这种人就像神明派下来的天使一样，总是充满爱。

在生活中也会存在一些奸诈阴险的小人，他们不会在明处对人施以报复，而喜欢在黑暗的地方出其不意地让别人受到伤害。就像佛罗伦萨大公科西莫曾经愤恨地痛骂那些不守信用、待人虚假的朋友一样：你们能够从《圣经》中了解到宽容的道理，但却不是每个人都会得到朋友的循循善诱。约伯说的道理更胜一筹，让人感受哲思的真理：神从来都很公平，总是把幸和不幸并存，让人们感受生活中的苦与乐。

因此，我们要用宽阔的胸怀来拥抱生活的林林总总，不能被报复的心态支配自己的行为，这只是在自己的伤口上撒盐，最后鲜血还是会喷涌而出而且痛苦无比。然而，如果你能放下仇恨，那么伤口的恢复是非常快速的。

如果为了公共利益而采取报复行动通常会取得完满的成功，如为了恺撒大帝而战，为了法皇三世而战等等，取得成功的可能性都是极高的。但如果单纯为了个人利益而实施复仇的行为，那么只会让自己身败名裂。因此，我们必须要理智地对待报复的行为，才能让自己保持开朗的心境。

Chapter 5

谈逆境

与其羡慕那些一帆风顺的人们，不如钦佩那些逆流而上的人们。

——塞内卡

一帆风顺的风景并没有惊涛骇浪那样表现的惊心动魄，让人兴奋不已。就像塞内卡说过的另一句哲语一样：普通人具有神明不能亵渎的力量，这些力量通常都十分伟大，让人心神前往，不可战败。对于这句话，我认为能够用诗歌的形式来表达或许更好，因为它的意境总是充满神奇的力量，让人无法自拔。而事实上，有很多诗人都很喜欢说这些意境深远的话语，它们像深山的清泉一样，让人感到心旷神怡，赏心悦目。当然这些意境很多时候都会通过神话的方式加以表达，让人感受当中的浪漫色彩。就像大力士赫尔克里斯去救在独舟上的普罗米修斯时见到的一样，普罗米修斯并没有因为船只单薄、惊涛骇浪而露出惊慌的表情，反而神色自若地享受这种大浪扑面的感觉，并利用普通的身躯完成了这个让人感觉十分惊险，而且看似不可能完成的任务。

通俗地说，一帆风顺得到的美好结果是节制，逆水行舟得到的美好结果是坚强的意志。从道德上来理解，逆水行舟的结果要比一帆风顺的好很多。就像在《旧约》中，把“一帆风顺”称为“神恩”，而在《新约》中把“逆水行舟”称为“恩眷”。后者是得到神的祝福和眷顾的，因此能获得更多，得到的感悟也会更多，思想境界也会更高。

虽然如此，在《旧约》中听到大卫弹奏竖琴也不是只有欢快的乐韵，也是包含悲伤和痛苦的。另外，对约伯遭受的苦难描绘的篇幅要比所罗门得到的幸福要长很多。所以，一帆风顺不代表要风得风，而逆水行舟也不代表祸不单行，一切都取决于人的心态。就像在光滑鲜亮的丝绸上绣上斑斑红花，其赏心悦目的程度却不如在那些暗哑的丝绸上绣的红花。

因此，当我们看到别人一帆风顺的时候，没必要自怨自艾，因为一个被人关注的人从来都不是从花丛中走出来的，他们都是经过攀山涉水，不屈不挠地向上爬，才到达让人们看到的顶峰的。梅花香自苦寒来，也是一样的道理。

Chapter 6

谈伪装与掩饰

当人们不能辨别自己应否在这种环境下说出真相或表现出真实的自己时，他们就会运用掩饰的方式为自己争取时间。当然，懂得这种权宜之策的人必定是那种拥有聪明头脑、心思细密的人，而善于在政治场所打滚的人通常都具有这方面的能力。

塔西佗曾说过："奥古斯都的聪明才智和台比留的掩饰能力的集合就是利维亚。"利维亚从丈夫奥古斯都那里学到了智慧，在儿子台比留那里学到了掩饰，因此她是二人的集合体。

塔西佗在面对穆奇阿努斯和维斯帕西安攻打维特里乌斯时说："我们将要面对的不是奥古斯都洞悉先机的智慧，也不是台比留大智若愚的谨慎。"洞悉先机的智慧和大智若愚的谨慎的确是两种截然不同的能力和智慧，必要时应该区别对待。如果一个人知道什么事情应该大肆铺张，什么事情应该闭嘴不言，什么事情应该透露一点点风声，但也不能和盘托出。这种人是一个能够审时度势的人，他能清晰地知道自己什么时候该干什么事，然后采用相应的措施。这也是塔西佗所说的治国和处世之道。

掩饰和虚伪是一个人的弱点。但如果一个人不具备这样的能力，那么他就只能在人前闭嘴不言，保持沉默，让人触摸不透，这样才能很好地保护自己，让自己不大乱阵脚。就像一个跛脚的人一样，为了让自己走得比较稳健，只能让自己放慢脚步了。

那些有智慧及懂得处世的人，他们就像有经验的猎狗一样，知道什么时候猎物会出现，也知道一些猎物的特性，还懂得必要时隐藏自己，让对手措手不及，让那些猎物成为自己的囊中物。即使偶尔失手一两次，但因为很多时候看起来都很忠诚老实，因此，深得猎人的信任，从来也不会怀疑其狩猎的能力。

掩饰的方法归纳起来有三种。一种是喜欢保持沉默，闭嘴不言，让人们琢磨不透其心思和想法，有点像讳莫如深的感觉。一种是比较消极的，他们在人前一个模样，在人后又是另一个模样，但有时也不能准确把握其度，露出蛛丝马迹。虽然这样，但很多时候都能成功让别人认为那个虚假的自己是本人的真面目。还有一种是比较有目的性的，当自己想要成为某个人时，就会有心地学习模仿这种人的一言一行，让自己真切地成为这种人。

第一种掩饰的方法让我想起神父，因为很多人都喜欢把自己的心声向神父倾吐，如果这个神父本来是一个喜欢到处宣扬别人秘密的人，相信没有多少人愿意对他敞开心扉。因此，善于沉默既是神父的美德也是神父必备的素质。

一个懂得守口如瓶的人就像涂了花蜜的封闭容器一样，无论多么细小都具有吸引蜜蜂的能力，让它们蜂拥而至，即使把容器严密包裹也阻挡不了。虽然只是人们宣泄的一种方式，但这种方式的确是减轻压力的有效方法。另外，很多人都喜欢向别人宣泄心事，但却不喜欢自己的内心活动被透露出去，因此，善于沉默的人更能从他人身上获取信息，知晓众人的心思。

事实上，每个人都不喜欢在人前暴露自己，不管是精神上的暴露还是身体上的暴露。一旦发现自己裸露于人前，就会感觉失去了尊严，因此没有人会喜欢那些畅所欲言的人，因为他们并不懂得人性。

善于沉默既是一个人的节操也是一个人的处世策略，我们必须谨记这句话。另外，我们还要学会控制自己的脸部表情，不能让脸上的神情出卖了自己的内心，最后得不偿失。表情语言的杀伤力很多时候都高于言语，因此，我们必须要控制好自己的表情。

对于第二种掩饰的方法，通常都会和第一种方法一起运用。人性都是狡猾的，当你想保持中立的时候，有些人并不允许你这样做，他们总是通过各种各样的方式向你套取信息，知晓你的想法，一旦你把持不住或者稍有犹豫，他们就会利用你的这些举动旁敲侧击，然后猜出某些信息。因此，当我们面对这些情况的时候除了坚守自己的品格外，还要学会放烟幕弹，当然这个烟幕弹必须是符合道德的，这比你禁不住别人的围堵要好得多。一个人的力量总是有限的，很多时候都很难抵挡其他很多人一起发过来的子弹。既然这样，何不放一点烟幕，让自己在迷雾中逃离。

掩饰的第三种方式我个人认为是在触犯法律。一个正常的人，从来都不喜欢模仿别人，毕竟那不是真实的自己，而且这样做是十分辛苦的，就像说了一个谎言，然后又要说另一个谎言把其掩盖，最后又再说另一些谎言，日复一日，年复一年，最后也只能暴露虚伪的自己，让自己人前人后都讨人厌。

虚伪和掩饰有三大好处。一是能让对手猝不及防，出其不意地让他们蒙受打击。如果一个人总是把自己的想法告诉别人，这就等同于对着别人敲防备的警钟，引起别人注意。二是能够全身而退。如果一个人在众人面前大声说出自己要干的事情，那么他必定要信守承诺，否则就会失信于人。三是能更清楚地看清自己身边的敌人。如果一个人总是喜欢把自己的想法告诉别人，那么他必定是一个对他人没有防备之人，多数时候很容易就会把自己的想法全盘托出，最后把自己推入一个万劫不复的境地。西班牙人有一句俗语：一句不真实的语言让人看清了眼前的事实。这就像要把事实公之于众就只有说谎这种方法一样。

优点和缺点很多时候都是并存的，虚伪和掩饰同样有三个缺点：一是虚伪和掩饰的行为很多时候都伴随一些恐惧，这些恐惧的心态很多时候都会成为人们前进的障碍；二是当人们没有看清真相的时候都喜欢与其合作，一旦事败就会让自己孤军作战了；三是影响自己的诚信，这是成事的首要因素。

因此，一个有智慧的人从来都是一个讲究诚信，善于沉默，行为举止坦荡，必要时懂得运用虚伪和掩饰之术，让自己在行事处世之中立于不败之地。

Chapter 7

谈父母与子女

父母对子女的爱是非常深沉的，他们不擅表达自己的喜怒哀乐。当他们高兴时，很少会把微笑挂在脸上；当他们哀愁时，也没有把眼泪流出眼眶。子女是父母的开心果，但同时也是父母苦涩的制造者，他们是父母奔波的理由，是忘却死亡的借口。

人类和动物有一个共同的特点，就是繁衍后代，生生不息。但纵观古今，凡是有能力、有成果的人都是那些未生育子女之人，他们把所有的精力都投放在事业上，因此能取得辉煌的成绩。这种人通常也是最关心社会后代的人，他们都是推动社会前进的贡献者。对于那些事业有成，而且又生育了子女的人，他们对孩子是最为溺爱的，因为他们把孩子作为家族事业的继承者，并希望自己的成功能代代相传，因此十分注重对后代能力的培养，并把他们作为自己的事业之一，希望能像作家一样创作一个好作品。

对于子女成群的人来说，他们都会对其中的几个孩子特别好，这在母亲身上的体现尤为突出。有一句俗语曾这样说过：父亲为有智慧的儿子鼓掌，母亲为愚钝的儿子感到耻辱。这或许是一个比较好的体现。如果一个家庭有几个孩子，父母通常比较溺爱年长和年幼的孩子，年长的孩子通常比较受人尊重，而中间的孩子虽然没有被父母倾注更多的情感，却往往是最优秀的。

另外，在子女的零花钱上不要过于吝啬，这样只会让孩子在人前感到自卑，然后投机取巧想方设法满足自己的虚荣心，导致恶习的产生。当然，也不是说零花钱越多越好，这只会让孩子认为及时行乐最重要，挥金如土。因此，作为父母掌控孩子们的钱财不是一件值得炫耀的事情，最重要的是树立威信，让孩子们佩服。

还有在兄弟姊妹多的家庭，有很多父母都喜欢采用竞争的方式教导孩子，让他们在竞争中获得自己想要的东西，这只会助长了孩子们憎恨的树苗，最后在他们成年后反目成仇，互相诋毁，互相指责。意大利人十分擅长处理这些关系，他们从来都不会过于计较这个是他的子女还是他的侄女或外甥，只要具有血缘关系，就会一视同仁地对待，因此他们后代的关系都十分好。走在意大利的街头，当你看到两个人外貌很相似时，不要主观地认为他们是母女或父子，很多时候他们实际是姑侄或其他亲戚关系。

父母可以适当地引导孩子将来要从事的职业或掌握的技能，但不能一意孤行地认为孩子只能从事这个方面的工作，或掌握这个方面的技能，这只会让孩子们产生消极的情绪。当然，如果发现孩子们具有某个方面的兴趣或天赋，可以适当地进行培养，这将有助于他们发挥所长，实现自己的人生价值。就像有一句谚语所说：兴趣是成功的导师，并把这些兴趣变为日常的行为，最后变为习惯。通常能够享受这种待遇的是年纪最小的孩子，但如果兄长被剥夺了追求兴趣的权利，最后还要被剥夺继承权，那么就另当别论了。

Chapter 8

谈结婚与单身

有妻儿的人就像为自己套了枷锁一样，因为当其想要成就大业时，总是被妻儿牵绊，导致他们做起事来有所顾忌。相反，那些能够成就伟业而且为社会做出杰出贡献的人通常都是那些独身主义者。这种人之所以能够成功，是因为他们把自己的精力都投放在“公众”这个情人身上。但按常理来说，那些有妻儿的人都希望把自己最珍贵的东西留给后代，他们是十分关注自己的未来的。

对于有些单身者来说，他们因为没有记挂做事情的时候就不会考虑得太长远，但有些有家室的人却认为妻儿是自己人生的绊脚石，只会拖累自己，是负担。也有一些富有的人富得只剩下钱了，因为他们没有妻儿，并以此为荣，认为只有这样做自己才能一生富有。在生活中，经常听到有人说“他是一个富人”，但同时又能听到“他整天埋怨自己的妻儿，说他们是累赘”，还有那些自命不凡的独身主义者，他们很讨厌成家立室，认为这是精神的枷锁，让自己失去自由，不能及时行乐，甚至对一些衣食住行的事情都很反感，认为这是困扰。无可否认，单身主义者能够充分地发挥自己的才干，让自己做一些有益于公众的事情，因此很多时候都受到自己的下属、上司以及朋友的喜爱，但从国家的角度来说，他们并不是一个好公民。

之所以这样说，是因为他们认为自己不用为任何人负责，自制力十分差，并且很多罪犯都是单身。不过单身的人比较适合做善僧，因为一个没有任何牵绊的人才能用自己的仁慈之心普渡大众。而对于那些政治人物或从事公共事务的人，他们独身与否关系不大，因为一旦他们在这种事业中出现腐败的行为，或信任参谋官的谬论，那么他要承受的负累将比五个家室还要多。军人们上战场的时候无时无刻都会考虑到自己的妻儿，因此鼓起勇气奋勇杀敌，希望尽快与妻儿团聚。但土耳其军人的行径却截然相反，因为他们最藐视的就是婚姻。

养活妻儿的确是上天赐给非单身人士的一种考验。那些单身的人士之所以充满仁慈是因为他们的财富很难消耗，另外是因为他们具有与仁慈矛盾的本性，喜欢作恶。

由于风俗习惯的影响，有很多人都宁愿选择终身陪伴自己的妻儿，就像人们评价尤利西斯那样：“他宁愿守护年老的妻子，也不愿选择长命百岁。”那些贞洁的妇女通常都会受到人们的爱戴。那些节操高尚的妇人如果认为自己的丈夫值得尊重爱慕，她们就会用一生的时间去守护自己的节操，但如果她们认为丈夫是一个谨小慎微甚至对自己不信任时，她们就不会再坚守这些节操了。

妻子对丈夫来说扮演着三个角色：一是情人，二是伴侣，三是护工。因此，无论什么时候，男人都有自己结婚的理由。曾经有一个人问过一位公认的智者："什么年龄结婚最合适？""年轻的时候不应结婚，年纪大了的时候也不应结婚。"在生活中，那些普通的男人娶到好妻子的可能性很大，原因可能是他具有一种特质在某个时刻感动了妻子，又或者这个妻子具有很好的忍耐力，因此经常能够包容他的缺点。但有一点可以肯定的是，那些不顾长辈反对而坚持嫁给具有恶习丈夫的女子，必须承受自己固执选择的后果。

Chapter 9

谈忌妒

人类有很多的情感，但能从目光中准确判断的应该有两种，分别是爱恋和忌妒。这两种情感可以说是人类最丰富、最让人迷惑的情感，因为他们都能通过目光把自己激动的情感、愤恨的情绪表现出来，让人们从其目光中感觉到某种暗示，尤其是爱恋和忌妒的对象出现在同一地点的时候。

忌妒在《圣经》中被称为“恐怖的眼睛”，而那些天文学家则把忌妒称为“凶象”。因此，忌妒的目光可以说是很具杀伤力的，忌妒最厉害的时候是那些被忌妒的对象手捧鲜花，接受众人祝福和祝贺的时候。因为被忌妒者这个时候的表情是最得意、最开心、最幸福的，但同时这些情感会让那些忌妒者深受打击，并且有切肤之痛，因此他们能做的就是把这些愤恨、嫉妒的情绪都集中在目光上，如同充满雷电一般，杀人于无形。

我们先不引经据典说明忌妒的情感，而讨论一下哪些人比较容易忌妒别人，哪些人容易让别人忌妒，公愤和私愤是怎么区分的，它们有什么不同点。

品德高尚的人容易被品德低下的人忌妒，因为品德低下的人都有虚荣之心，当发现品德高尚能受人尊重时，他们也想通过获得这些品德让自己受到别人的尊重，吸取让自己心灵满足的营养。但高尚的品德并不是通过模仿就能获得的，它需要人们持之以恒地实践，最后成为习惯才能把这些气质从身上散发出来。一旦品德低下的人不能顺利地把高尚品德据为已有，那么他们就会对那些具有高尚品格的人进行打击，以慰藉自己嫉妒之心，求取心态的平衡。

打听事件的人通常也是一个善妒之人。他们并不是通过打听别人的事情来探究自己可以帮上什么忙，仅仅是想通过打听时间，获得对别人不好的信息，然后自己暗自高兴。这种人非常善妒，而且对自己的事情很不上心。一个专心致志做好自己事情的人，又怎么会有多余的精力去打探别人的消息。因此，善妒的人很喜欢在大街上寻求心灵的快感，甚至在各种场合兜转着不想回家，这正是他们“憎人富贵厌人贫”的特性。

很多时候后起之秀都会让那些本来就很优秀的人忌妒，因为在他们看来，后起之秀本来与自己的距离很远，突然平起平坐让他们感觉很不平衡，因此产生忌妒之心。后起之秀好比小麻雀变为雄鹰，在天空高处翱翔，占据了天空的一席之位，让原本在空中飞翔的老鹰地盘变得狭小，不能像原来一样施展才华，最后只让老鹰愤恨忌妒。

身体有缺陷的人、年老的长者、私生子等这些人在日常生活中很喜欢嫉妒别人，仅仅因为自己的不足让他们产生自卑的情绪，为了慰藉自己受伤的心，只能诋毁那些四肢健全、年轻力壮、正直的人。但如果这些问题发生在已经建功立业的人身上的话，他们就不会产生这种情感，人们从来不会因为他身体残疾、年纪老迈或身份隐秘而忘记他们的丰功伟绩，其一生都会听到来自社会各个方面的赞扬，就像拿尔西斯、阿盖西劳斯、帖木儿等都是如此。

那些受过苦难东山再起的人也具有忌妒之心，在他们看来自己的成功来之不易，别人的一帆风顺无疑让他们深受打击，认为这些人都应该受到一点磨难才算公平。

对于那些全能的人，他们也拥有忌妒之心。虽然一个人能在各个方面都有所建树，但不代表其都是这些领域的领头羊。因此，对于那些在某个方面能力超过自己的人，他们也会产生忌妒之心，就像埃德烈安国王一样，他经常看不惯那些画匠、诗人、琴匠等，因为他在这些方面都有所建树，但他们比自己更优秀。

另外，亲人、朋友、兄弟、姐妹等这些具有亲密关系的人中也会产生忌妒的情感。因为刚开始的时候大家的水平是一样的，但因为别人通过努力取得了重大的成果，这些成果让那些没有发迹的人感到自卑。当取得成果的人获得别人的称赞后，他们原本愤愤不平的情绪最后产生忌妒的怒火，不断地打击原来关系甚好的人，最后产生对立的局面。就像该隐是亚伯的哥哥，因为亚伯的贡品被神看到并享用，于是获得了想要的福祉，但该隐认为这不公平，甚至感觉有失体面，于是用很残忍且没有人性的方式把亚伯杀害。

这就是对比较容易忌妒别人的人的论述。

下面我们来探讨一下哪些人容易被别人忌妒。品格高尚的人很容易引起别人的注意，并且很容易让别人忌妒。当然，当一个人的品格越高尚，其受到忌妒的概率就会越小。因为在很多人看来，他的品格如此高尚，被尊重是顺理成章的事情。那些得到过分帮助和奖赏的人也是招人忌妒的，但那些负债的人们通常都不会引起别人的忌妒之心。另外，忌妒的情感是源自比较，当比较的情况没有出现，人们就能以平常的心态对待；一旦产生了比较，人们的忌妒之火就会燃烧起来，甚至日趋兴旺。因此，贵族只会对贵族产生忌妒等。本来地位低下的人一旦社会地位提高，那么他也会招人忌妒，但随着时间的推移，这种情感也会变弱，甚至消失。对于那些本来身处高位的人如果继续提升社会地位，到达普通人不能企及的高度时，人们对其也会产生忌妒的情感。但如果只是在过往的功绩中戛然而止，那么人们对他的忌妒也会消失，因为在这个充满变化的社会，总有一些新鲜的事物不断地刺激着人们的视觉，让他们无暇顾及过往的锋芒。

如果出身很好的人再次得到幸运之神的眷顾，人们对这种现象是不抱任何情感的，在他们看来这是权贵们与生俱来享有的特权，并且即使他们再次拥有幸运也不会对他们原来的生活有什么重大的影响。人们很少忌妒那些逐渐发迹的人，但对于那些一朝得志的人却十分愤恨，并且充满忌妒之火。

有的人想要获得荣华富贵是很困难的，劳其筋骨，饿其体肤等事情经常在他们身上发生，最后才取得苦中带甜的成果。对于这种得来不易的荣耀，人们是很少会产生忌妒之情的，甚至会觉得当事人十分可怜，因而产生怜爱之情。怜悯是治疗忌妒情感的良药，所以我们常常看到那些重要的国家领导人经常会在公众面前自怨自艾、望洋兴叹。很多时候这不是他们真实的从政感受，而仅仅是为了掩盖自己锋芒的一种权宜之策。当然，抱怨并不是不可以，但一定要站在公众赋予你的责任上，如果仅仅为了一己私利或自己的个人事业而唉声叹气、怨天怨地的话，就会让别人觉得你不懂得满足，甚至产生忌妒的情感。另外，作为一个有智慧的政治人物，一定要学会保护自己的下属，保护他们的职权和获得相应的社会地位，这样部下们就很乐意跟随你并且钦佩你，忌妒的情感也能消失得无影无踪。

在社会生活中，经常看到一些权贵因为自己拥有社会地位和财富就心高气傲，看不起自己身边的人。这种做法只会为自己树立敌人，让别人对其产生愤恨忌妒的情绪。这种人很喜欢在人前显摆自己和表现自己，以为只有这样才能凸显自己的身份，让别人尊重自己。他们还喜欢刻意阻挠别人前进的步伐，阻碍事件的顺利进行。这种人简直是一个有恃无恐的小人。有智慧的人从来都不会这样做，因为他们宁愿花时间充实自己的智慧也不愿花时间忌妒别人。因此，那些行为朴素、言语谦虚的权贵从来都不会让人产生忌妒的情感，他们很多时候都很受别人尊重的。对于前者的所作所为，很多人都不会接受，况且这种人太以自己为中心，为了显摆财富地位刻意让别人忌妒他，这是一种十分无耻的举动。

由此可见，喜欢忌妒别人的人就像被巫婆施了法术一般，迷了心窍，被忌妒之心操控着自己的身体和行为。但聪明的人却能很好地解决这个情感对自己的伤害，像有些人喜欢转移自己的注意力，把忌妒的“妖气”转移，让自己用平常的心情对待别人的“好”事。这些接受“妖气”的人有可能是他们的部下、随从，也有可能是他们的伙伴、朋友等。一旦这些“妖气”被转移，他们就如释重负，让自己的心灵得到必要的休憩。当然，总有一些无耻之徒，他们无视别人对自己的情感，只要能够让自己显摆地位和财富，他们就会主动挑动别人的神经，让自己在别人的忌妒情感中获得想要的快感。

以上是有关私妒的内容，以下我们来说说公妒。公妒是现在人们所说的公愤。私妒没有一点好处，但公妒还是有好处的。它是公众对地位显要的人的一种制约，这使得他们不敢胡言乱语，有恃无恐地实施自己的行动，所有的行动都必须考虑是否涉及了公愤这个问题，然后采取一些修正的措施。

公妒是一个国家的问题，它就像一种传染性很强的病毒，而且是能够复制的，因此一旦它在某个国家发生，那么就会像瘟疫一样难以消除。因此，作为政治人物必须十分关注这个问题，不能引起民众的公愤，否则，你想要继续自己的政治生涯是十分困难的。一个有智慧的政治人物很清楚自己该干什么、该说什么，避免自己感染公妒这一“病毒”，否则后果将可能会是药石无灵、体无完肤。因此，政治人物都十分喜欢探究那些能够抵抗“病毒”的方法，为自己免疫，然后用最健康的姿态服务于人民，并让很多民众受惠于自己的健康。另外，面对“病毒”的入侵不要逃避，要直面相对，这样才能让这些顽固的“病毒”远离自己，让自己变得强壮。当然，一旦能够成功脱离，那么就要洁身自爱，不能再被这些“病毒”感染。

公妒很多时候发生在那些国家政要身上，但不一定是因为国家领导权的问题。很多时候，这些达官贵人之所以引起公愤，也不一定是他们自身造成的结果。但如果公妒的现象波及整个政府的官员，那么这个国家就要头痛了。这就是关于公妒的论述。

忌妒是生活中常见的现象，有时只是因为一些鸡毛蒜皮的事情，但有时是一些重大的事件。相对于其他情感来说，忌妒是一种十分难以纠缠和日新月异的情感，因此它时时刻刻地影响着我们的生活，影响着人们的情绪、情感。俗话说“心宽体胖”，很多时候一个善妒的人的体重都会偏低，这种现象还会发生在恋爱的人身上。忌妒的情感是危害人类健康的一种消极情感，而且忌妒引发的力量十分强大，很多伤害别人的事故都源自自己对别人的忌妒，忌妒让我们蒙蔽了自己凌厉的双眼，看不清事情的真相。因此，我们必须学会增强自己的自制力，克服忌妒之情，这样才能让自己在正确的时间做正确的事。

Chapter 10

谈爱情

戏剧中的爱情总是给人一种浪漫的情愫，因为它是戏剧家刻意添加的喜剧元素，因此让这些爱情看起来遥远而向往。当然，悲剧的元素很多时候也会被运用到剧中，让人们流连忘返，难舍难分。无论是喜剧爱情还是悲剧爱情，这些在现实生活中都很少发生，因为生活总是很现实的，爱情也是现实的，很多时候甚至是一把锋利的刀，让别人身体滴血还不知道。

当然，还是有人能够抵挡爱情的诱惑的，像那些伟大的人物，他们很少被爱情蒙蔽，很清晰地知道自己想要什么，然后为之努力。目标如此明确，让他们能够成功抵制爱情对自己的蛊惑。不过对于罗马帝国的安东尼以及阿皮亚斯·克劳底亚斯就要区别对待了。前者是罗马帝国的领导人，终日荒淫无度；后者是国家执政人及立法者之一，有智慧而且十分朴素，他们经常会被爱情入侵，享受爱情的愉悦。

我们彼此之间有如隔了遥远的时空。

——伊壁鸠鲁

对于伊壁鸠鲁这句话，我认为不能很好地描述爱情。这样的爱情显得十分遥远，就像地上的人们遥望着满天的星辰不断地产生遐想，不断地眺望，遥不可及。这样的爱情是真实的爱情吗？相信没有多少人愿意远远地看着自己的爱人，都希望走到爱人的身边，否则就会显得有点奇怪了，甚至让人感觉自己是爱情的奴隶，只让它牵着鼻子走，没有一点能够把握的情愫。

这种虚幻的情感只有恋爱中的人才能感觉得到，因为没有其他情感会让人们感到激动和振奋了，也没有其他情感让人们超脱自我，甚至凌驾在本身的价值之上了。因此，处于爱情之中的人们都是喜欢自己奉承自己的，甚至有点浮夸。作为情人，这种现象在他们身上更为明显，甚至让人觉得有点太自命不凡，但情人的钟情事实上真会让人感觉自己很重要。

处于爱情中的人都被眼前的迷雾影响了自己的视线，因此，他们深陷其中不能自拔，这种现象在被爱的人中更能凸显出来，除非对方的爱得到回报。爱情让理智的人迷失了自我，如果这种情感得不到回报，那么这个人就会深陷痛苦之中，甚至会被蔑视。所以对于爱情，一定要谨慎对待，不能让其成为生活的全部，否则将会让自己错失太多的东西，这些东西还会让我们蒙受很多的损失。之所以这样说，是因为很多处于爱情之中的人都处于人生精力最旺盛、学习能力最强的时候。一旦把时间都投放在爱情之中，那么以至于人生的其他方面就会缺少投入。当梦醒时分，自己回过头来，发现爱情始终抵不过面包，这是多么现实的写照，也是人生需要切实考虑的事情。虽然这种说法过于现实，但之于人类，一点也不为过，因此要认真平衡爱情和其他事务的关系，不能因为爱情，拿自己的一生当赌注。

有智慧的人都很清楚爱的危害，因此，很多时候都会理智地把爱和自己肩负的目标分开,正是因为这种理智的分开才让他们更清晰地知道自身肩负的重任，然后先把这些爱尽收心底，奋力追逐眼下最重要的事情，促成自己人生的辉煌。

另外，有一个有趣的现象，就是那些喜欢习武的人比较容易堕入爱河，至于发生这些现象的原因，暂时还没有任何支持的理据。这就像一个喜欢酗酒的人，如果你问他为什么喜欢酗酒，相信他也不能明确地回答你。人的天性有一种比较奇怪的喜好，这种喜好有点隐秘，当事人也不知道发生这些行为的原因，就是对他人的爱。当这些爱没有固定的对象时，它们就会分散到其他人身上，让这个人成为一个博爱的人，受到很多人的尊重和尊敬。这些行为在那些僧人中经常能够看到。

对人类社会具有贡献的爱是夫妻之爱，能让人与人之间和谐共处的爱是朋友之爱；腐蚀人们心灵，严重影响社会风气的爱是淫贱之爱。

Chapter 11

谈身居高位

身居高位的人扮演着同一个身份，却服务着不同的对象。首先，他们要侍奉君主，贡献国家；其次，他们是荣耀的侍从；再次，他们是事业的侍从。因此，他们从来都没有个人的时间和自由，整天要为国家、为公众奔波走访。

每个人都喜欢追名逐利，但这是一条不归路，一旦选择走这条路，那么你就会被剥夺时间和人身的自由，整天为了让自己爬得更高而不断奋进，这种人是野心勃勃的，但同时他们也不知道这样会迷失自我，失去驾驭和把握自己的能力。追名逐利的过程十分辛苦，不但是身体上的痛苦还有心灵上的痛苦。因为要身居要位而必须放下自己的自尊，有时还要被别人践踏自尊，但很多喜欢高位的人从来都不会计较自己是否卑躬屈膝，只要能让自己身处高位，无论付出怎么样的代价也在所不惜。

正所谓创业难，守业更难。当一个人身处高位就必须想方设法保存自己的位置。通常这些位置都会被别人觊觎，一旦粗心，那么高位被夺走的可能性会很大，最后只会让自己感觉十分可悲。

人们经常都会出现这样的矛盾心理，当自己有隐退的念头时，往往是事与愿违的；当自己该要退下来的时候，又十分不舍，想尽办法保护原本属于自己的东西。因为他们知道自己一旦退隐下来，那么终日将要无所事事，就像现在经常能在街头巷尾看到的退休老人一样，整天都在为自己寻找打发时间的活动，有时想表现一下自己，又因年纪老迈而力不从心。

身居高位的人常常都不了解自己身处的状况，因为他们整天被各种各样的事物困扰着自己的头脑，很多时候时间都不知道是怎么过去的。因此，他们需要身边的人提醒一下他们的处境，这样才能知道自己现在是否幸福。当你感觉自己不幸福时，不妨听听那些羡慕你的人对你的评价，这样就会让你回忆起自己为什么会在现在这个位置，想起原来一直都在追求这样的幸福而感到安慰，烦恼就会随之而散。

但无法否认，能够认识到自己处境的身居要位的人并不多，因为他们整天都沉浸在烦琐的事务当中，同时也忽略了自己的健康。曾经有人说过："如果一个人知道自己的事少于别人知道自己的事时，那么他将自食其果，即使死亡之神要求其报到也不是一件十分冤枉的事情。"

身居高位的人能向善，也能向恶。但最好不要选择后者，那只会让自己遗臭万年，得不偿失。向善的人从来都是受到别人尊重的，因为没有人不喜欢行善的人。况且行善是一件合法的事情，不但能够让自己心安理得，而且还能获得荣耀。当然，获得荣耀的善举从来都是身体力行的，是他人不能替代的。

身居高位的人都希望自己能够功德完满，因为一个人如果既做好了功，又做好了德的话，那么他们见到上帝的时候就能心平气和、不急不躁，毕竟自己是同上帝一般为这个社会做过贡献。

当我们打算进行一件事情的时候，一定要有一幅值得学习的蓝图，只有这样，我们才能更好地规范自己的行为，让自己的行为和蓝图一致，这是建立功绩的基础。事后，我们要学会把自己绘画的蓝图取出来，仔细分析，探究自己是否存在过失，进行反省，再开始下一次行动，这样你就能知道自己的功过，并不断地取得进步。另外，学会从别人身上学习，并不是要求你嘲弄别人的过失，而是吸取别人的经验，检视自己的行为，这比完完全全由自己去探索要节省时间得多，也是最有效的学习方法之一。因此，我们想要对得起自己的位置，就一定要为自己设立一条行事的准则，每次行动之前都细心考虑自己是否按照准则办事、是否符合准则的要求，再采取行动。另外，当要为某些事情做出承诺时，不能过于古板，要学会留有余地，当事件发展到你不能控制的程度时，你也能全身而退。但这也不是要你为自己的错误找借口，只是要求你学会保护自己。这样，我们做起事来就会有章可循，并能让公众看到希望，知道事件发生的预期，然后配合自己把事情做好。

学会授权也是身居高位的人需要具备的能力之一。我们都是普通人，不可能具备所有的能力，况且精力有限，这也要求我们学会纳贤，然后听取他们的建议，必要时授予他们一定的权利，这样才能让自己从烦琐的事情抽离，专心致志地做那些重要的事件。

身居高位的人很容易就会染上这四个恶习：拖延、贪心、暴力及意志不坚定。

对于拖延的问题很好解释，就是当决定要做任何事情都要注意时间的控制，并在规定的期限把事情做好，不为自己寻找任何借口。

对于贪心，这则需要自己拥有很好的自律性，一个人如果不懂得自律，那么很容易就会被周围的人有机可乘。除了让自己保持清廉外，还要严格要求自己的下属，让他们不能因为自己所处的位置而收受别人的好处，对于不属于自己的东西一概拒绝。另外，还要学会抵挡那些有求于己的人给予的利益诱惑，因为这是身居要位的人大忌，一旦失守一次，那么就会助长自己贪心的苗头，最后变成参天大树，让贪婪在自己的头脑里根深蒂固，这就会让那些窥视你位置的人有机可乘。因此，必须严守自己的节操，让自己立于不败之地。另外，处理事情的时候切忌摇摆不定，一旦决定了的事情如果不是非必要的情况下绝不能更改，如果必须要改变的话，一定要在公众面前把改变的原因及改变后的效果公布出来，这样才能让公众不对你产生误解。一旦你打算蒙混过关、得过且过，那么只会让自己成为公众猜忌的对象。还有，不要过分与自己的亲属和下属亲近，如果这些人没有一点过人之处，那么你就很容易被人误认为因为贪心才采用这些人。

俗语说："恨由暴生。"暴力是十分不可取的。一定要严格要求自己，不能利用自己的职权让他人遭受身体上的折磨，这是有理说不清的事情。

意志不坚定这个缺点比贪心要糟糕得多。因为贪心的事情可能很多人在位期间都只有一两件，但如果一个人意志不坚定，那么无论什么事情他都会思前想后、犹豫不决，最后影响自己在别人心中的形象，甚至让一些窥视这个位置的人有机可乘，或让那些想从你身上取得好处的人找到了讨好你的要领。就像所罗门所说："如果一个人的意志不坚定的话，很可能会为了一块面包而视法纪为无物。"也有人说过："当一个人身处高位时，人们能清晰地看到他的优点和缺点。"嘉尔巴曾这样被泰西塔斯评价过："公众们都认为他能胜任皇帝这个位置，即使他从没当过皇帝。"因此，当一个人拥有美德时，人们就会认同他所在的位置，因为这个位置让他的美德更加凸显。另外，美德也是判断一个人能否身处高位的有效标准。

在社会生活中，有不少追名逐利的人，但高位的数目少之又少，怎样才能在竞争中取胜是他们需要考虑的事情。在众多勇攀高峰的人中脱颖而出是需要一定毅力的，因为攀越的路径十分迂回，甚至崎岖。一个人的力量总是有限的，聪明的人懂得在这个阶段与人合作，放弃竞争。合作的力量是强大的，它能把你送到别人不能企及的高度。当你到达这个高度后，要学会保持独立，保护自己，这样才能在芸芸众生中脱颖而出，成为站在高位的人。不否定前者的功劳，不蔑视自己的同事，另外还要适时地听取建议，善待身边的每一个人，当然在私下与他们相处时要懂得更加谦卑，这样在你离开的时候才能获得更多的尊重和肯定。

Chapter 12

谈勇敢

曾在一本书上读到过一个言语简单但寓意深远的故事，也是一个发人深省的故事。故事大概的内容是这样的：德摩斯梯尼是一位成功的演说家，曾经有人讨论过其最突出的能力是什么，被问者说是表情。询问者听后不厌其烦地问："那么排在第二的能力是什么？""表情。"询问者听到这样的回答还是不得要领，因此继续不耻下问："排在第三的能力是什么？""表情。"回答者之所以给出这样的答案是因为相对德摩斯梯尼其他的能力而言，他的表情最触动人的心灵。

回答者这样的回答的确会让很多人不明白他的意思，事实上对于一个演说家来说表情根本不算什么，它不过是其演讲过程中面对公众的一种情感表达，但为什么会被回答者看得如此重要呢？对于很多人来说应该用"口齿伶俐"、"充满激情"等词语来形容演说家，但表情却被听者认为是最重要的才能，而且这种才能似乎代表了所有的能力。

在生活中，这种现象不单单出现在演说中，在那些需要处理的事务中也经常出现。当你询问一个人顺利完成这种事务需要的首要技能是什么的时候，很多人会告诉你是“勇气”，当你锲而不舍地继续询问的时候，得出的答案竟然依旧如故，没有一点新意。这个看似没有新意的回答的力量事实上是非常强大的。在人性中，拥有明智能力的人永远比愚蠢的人多。我们当中的很多人都是普通的民众，没有特别的优势，水平基本都一样。但那些懂得勇气重要性的人做起事来经常如有神助，他们似乎知道没有什么能力比勇气更能让自己成功。因此，我们不能小看勇气的力量，它往往是成功的垫脚石。

勇气经常能够帮助那些民主自治的国家创造奇迹，但对于那些封建专制的国家却没有任何效用。另外，当人们第一次做某件事情的时候，勇气对其帮助是非常巨大的，但如果第二次涉足的时候，勇气的效用就会减弱甚至消失。有句俗语说：“盲目的勇气是不可信赖的。”这一点也不假。有一些江湖郎中，在芸芸众生中总能让一两个人的疾病得以痊愈，但因为其医术没有一点理论依据，没有任何论证的支持，因此是不能长久奏效的。这种人行事常常模仿穆罕默德呼叫大山的做法。

穆罕默德曾经在人们面前说，自己能把远处的高山叫到自己的面前。为了证实自己所言非虚，穆罕默德把人们叫到面前，然后对着高山大声叫喊，但高山根本不为所动。为了让人们相信自己的言语，穆罕默德只好再次说了一句：“如果高山大人你不愿到我这里来，那么我到你那里吧。”

有智慧的人都知道很多人说的豪言壮语都没有一点支持的理据，而且很多时候都十分好笑。但这些大胆的人士从来都不会惧怕别人的嘲弄，总是厚脸皮地把自己这些超脱实际的想法说出来，然后为了不在人前食言，他们通常都会采取行动。但也有的人听到别人持有否定意见后，就会产生恐惧的情感，表情变得十分木讷。又或者在实践的过程中，发现自己所说的事情是一件根本不能实现的事情时，他们就会十分狼狈，不知道该怎么为自己画上句号，原地不动，但也很少会有悔意。

大胆决定的事情很多时候都是没有依据，而且是非理性的。因此，我们对待勇气必须保持理智，这样才能让自己不在人前贻笑大方。

对于一个有勇有谋的人来说，在行动以前是会非常细心思考行动的可行性，以及预测可能要遭遇什么事情，这些事情对自己的影响是什么。当事情确定具有可行性后，他们就会勇敢地实施。当然在实施的过程中要学会发挥勇气的力量，无视那些所谓的困难，这样才有可能让自己立于不败之地，取得想要的成果。

对于那些有勇无谋的人来说，他们不适合当领导者，因为很多时候很多事情不是单凭勇气就能成功的，领导者决定着团队的生死，因此，不能草率决定领导者，否则结果是非常危险的。

Chapter 13

谈善与性善

这里所说的“善”是指仁爱，指人与人之间的善举，就像希腊人所说的“人道”差不多，但“人道”这个词有点不能准确表达“善”的意思，因此，我不太推崇用这个词来说明“善”。

“善”是指爱人之心，爱人的习惯，而“性善”则是指人具有善的天性。这是造物主赐予人类的能力，也是人性中最宝贵的精神财富，如果人的本性不是善，那么这个世界将何等混乱，民不聊生、劳而无功、卑贱堕落等现象也会随处可见，那么人甚至有可能连那些没有任何情感的生物也不如。

善是人类最推崇的精神文化，无论一个人的仁爱之心多么强大，但也不代表其爱人之心过于泛滥。在人们看来，爱从来都没有溢满的时候，拥有越多的爱越好。爱是使人类温暖的源泉，他从来都不会让人们陷入困境，相反，很多时候都是前进的动力，让人们为爱奋勇向前。

善举在人类社会经常看到，这种行为很多时候都是根深蒂固的，当人们的爱不能通过对人之爱散发出来时，就会寻求其他方式，让其他事物也能享受这种温暖人性带来的福祉。对于这种现象，在土耳其人那里能够充分地体现出来。土耳其是一个残暴的国家，但这个民族对禽鸟是十分有爱心的，经常在禽鸟活动的地方备有粮食。在布斯拜洽斯的作品中曾记载了这样一个故事：一个土耳其小伙玩弄似地抓住一只小鸟的嘴巴，看到这个举止的人们气愤的想用石头把他打死。这种善在人们的生活中经常看到，以至于偶尔因为善做出错误的行为也是情有可原的。就像意大利人有一句嘲弄善的话语：他很善良，但有时善良得太愚蠢。尼考劳·马基雅维是一位意大利的宗师，他在作品也清晰地记载了关于善的例子：天主把仁爱的人们的肉剁成肉酱，送给那些残暴之人。尼考劳·马基雅维之所以说出这样一句话，是因为现时没有任何法律条文或风俗习惯要求人们向善、尊重善。据此，我们是不是该考虑一下应该通过什么样的方式来要求人们向善，并且用正确的态度对待善。这样我们才能善得其所，否则就会显得太愚蠢，容易受人欺骗和蛊惑。这样不但打击了向善的人，还打击了行善的人。

《伊索寓言》中也曾说过，与其把宝石赠予雄鸡，不如把麦粒送与它，这会让它更高兴。另外，造物主也非常了不起，他把那些公众需要的生存条件都公正地赐予人类，像阳光、水分、空气等等。但他从来都不会把世间的财富平均分配给每一个人，因为在他看来，这些物质条件是需要人类通过时间、精力等劳动条件来获得的。所以行善以前一定要三思而后行，因为一旦我们随意付出了自己的所有，有可能得不到别人的尊重，还会让别人感觉自己太愚笨。另外，很多时候行善都会成为别人学习的榜样，我们必须真心实意地进行这些行为，这样才能成为别人效仿的对象。我们每个人都很少被命运之神授予行善的使命，既然这样，我们行善的时候要量力而行，况且行善的福祉不是用物质的多少来衡量的，很多时候善举都是等价的。所以不要因为行善而过多地投入自身有限的财富，这样不但不能满足大众的需要，而且还有可能让自己陷入困境。

善是人们的行为习惯，善举正是因为这种习惯所驱使的。但在世间有一部分人本来就拥有善，就像一些人天生就拥有恶一样。恶也有轻重之分，譬如一个人喜欢与人竞争，喜欢出言不逊、发脾气等，这些属于轻度的恶。但如果一个人善妒而且喜欢暗中伤害别人以谋取自己想要的利益，那么这种就属于比较严重的恶。拥有这种恶的人从来都以自己为中心，稍有不顺心就会伤害别人，争夺别人的东西。这种人是世间的小人，而且像苍蝇一样一直在看似美好的东西中萦绕，还发出让人厌烦的嗡嗡声。另外，他们的报复心态很强，只要心中对你有恨，就会想方设法向你报复，即使他们手上没有任何工具，但也不影响他们对你的恨，以及计划向你施加伤害。当然，这种人并非一无是处的，他们是从政的好材料，就像那些身体歪斜的树干一样，虽然不适合用来盖房子，但却适合用来建筑船只，让它们适应颠簸的浪涛，到达想到达的目的地。

什么人才拥有性善呢？我们能从身边的一些小事进行判断。如果一个人对外来人员以礼相待的话，那么他就是一个仁爱之人；如果一个人看到别人因为苦难而哭泣，便把自己身上仅有的钱财都赐予对方，那么这个人就像一棵大树，为了帮别人遮风挡雨而不顾雷电的袭击；如果一个人比较宽容，不计较自己的得失，那么他就是一个不容易受到伤害的人，而且能用超凡的意志为自己摆脱那些困扰常人的小事；如果一个人能像圣保罗一样为了兄弟接受神的诅咒的话，那么他本人就像神一样拥有大爱，超凡脱俗。

Chapter 14

谈贵族

贵族是身份的象征，贵族在国家中的地位和特质是我想要讨论的问题。如果一个国家是一个君主独裁的国家，那么这个国家的民众只能痛苦地接受独裁主义的折磨，让人们都处于消极的情绪当中，没有一点生命力，就像土耳其一样。但如果一个国家设有贵族，那么这就能缓解一些民众的消极情绪，因为贵族拥有一定的控制权，能统治自己区域内的民众。对于那些民主自治的国家，贵族是不存在的。当然，一个君主制的国家如果设有贵族头衔，那么这个国家的环境会比较安全，不容易产生叛乱。但在民主制国家中，人们从来都很少关注个人利益，而是关心集体，以至于他们考虑政要的时候，很少考虑其出身和门第，只要其适合担此重任即可。

像瑞士这个国家，虽然有很多的宗教派别，但因为民主自治，因此很少出现纷争，人们都能和谐共处，国家环境稳定，长治久安。又像荷兰合众国，他们支持人与人之间是平等的，而且国家的政治十分出色，很少出现矛盾。况且即使他们采用集权制，但商讨国事的时候都重事不重人，因此，当地的民众都很支持国家的税制，尽公民的义务为国家出一份微薄的力量。

一个拥有贵族的民族，既能为君主增添几分威严，但也能削弱君主的权利，这使得民族的氛围比较活泼，人们能发挥自己的创造力，为国家的繁荣昌盛做出一点微薄的贡献。与此同时，也削弱了他们的福利。因此，贵族们的权力不能过于强大，最好是在君主之下。这样贵族们就能弄清自己的位置，当有人想以下犯上时，也能及时地进行阻止，避免君主遭受伤害。另外，贵族的数量一定要控制，一个国家拥有的贵族越多，那么它的财政压力就会越大，甚至很多时候都不能满足贵族们的需求，当假以时日，相信会有很多贵族会面临破产的，最后其享有的特权与其拥有的物质变得十分不相称。

当我们路过那些贵族居住的古堡或看到门前威武的雕像时，敬佩之心油然而生。如果这个古堡居住的贵族在历代皇朝都拥有显赫的地位时，我们更会肃然起敬。因为这是那些新生的贵族不能比的，他们不过是现代皇朝封予的地位，但那些古老的贵族靠的却是历代的威严。通常第一个被授予贵族称谓的人，其能力是其他后来者所不能比的，绝对是一个超凡脱俗的人物。与此同时，这些贵族的思想相对新贵而言比较复杂，因为没有人能靠单纯普通善良的手段获得特权。即使这样，人们都只会记得他们的好处，毕竟他能获得这样的称谓，也与他对人们的贡献有关，当功大于过的时候，通常过会被功掩盖，变得微乎其微，甚至被人们遗忘。

贵族们都不怎么喜欢劳动，但与之矛盾的是，他们很嫉妒那些喜欢劳动的人。另外，如果自己的地位一直没有变化，当看到本来地位相当的人突然加官晋爵，他们就会产生嫉妒的情感。当然，也会有例外的情况，就是那些被加官晋爵的人世代的地位都十分崇高的话，那么他们不但不会产生嫉妒的情感，还会认为这是理所当然。另外，君主一定要唯才是用，这样的话国家才能长治久安，因为在普通民众看来，贵族具有特权和享有治理的权力是与生俱来的，因此，他们经常会拜服于贵族，并听命于贵族。

Chapter 15

谈叛乱

作为国家的政要，一定要有洞悉先机的能力，尤其对于那些想要推翻政治主权的谋策。如果作为政要人物却不能提前看到这些不寻常的现象，那么他要遭受的狂风暴雨就不是单靠个人的能力就能抵御的，而且其带来的转变可以说是翻天覆地的。当然，暴风雨之前很多时候都有很平静的假象，在这些假象中又存在不平凡，因此，作为政要人物一定要有发现这些现象的触觉，这样才能让自己在险象环生的环境中突围而出。

如果一个国家有各种各样虚假的传言，而且这些传言在人们之间广为流传，严重影响国家的利益和安全，甚至严重影响君主的权力的话，那么这或许就是叛乱的前兆。我们就必须保持警觉，采取必要的措施进行防备，以免敌人突袭而措手不及。

维吉尔曾经用兄弟姐妹来形容谣言和判断之间的关系。此言非虚，事实上很多叛乱的前奏就是散播谣言，这些谣言很多时候并非谣言，而是叛乱者最真实的表达，是他们真正的计谋。因此，谣言和叛乱像兄弟姐妹一样，他们之间虽然存在一点差异，但因为血统相同，导致他们间的差异非常少，智者们必须认识到这一点。

当一些有益于民众的好政策被递上商议的议程时，当有人刻意曲解这些政策的意思，甚至不断地对政策进行抨击时，我们就必须绷紧自己的神经，因为这个人一定有所图。就像泰西塔斯说过的那样：当一个民众对一个政府有埋怨的时候，无论其做出如何优秀的惠民政策都不会受到民众的欢迎，因为对于他们来说，政府的行为都是假惺惺的。另外，如果谣言真是叛乱的先兆的话，政府部门最好理性对待这些谣言，不要进行强制的打压，因为这一举动只会让民众对你更反感，那些不明就里的人会认为是政府在掩饰自己的错误。所以最好的举动是对这些谣言视而不见，不做任何解析。还有泰西塔斯也说过一种服从，对于这种行为，我们也要提高警惕。因为很多人并不是不愿意服从命令，而仅仅是因为他们喜欢挑剔和批评罢了。这种挑剔和批评也是闹事者的一种测试，因为他想知道别人的忍耐度，这样即使自己真正叛乱起来也能知道后果。那些真正的叛乱者做起事来十分畏缩，但那些不服从的人却十分大胆，想干什么就干什么，甚至出言不逊。

马基雅维曾经说过那些自成一党的君主，他们虽然打着为人民服务的旗号，但由于像天平一样抵受不了另一端的重量逐渐倾斜起来，让自己越来越无法平衡。就像法兰西国王亨利三世一样，他利用自己的权力先加入了同盟，然后大肆反对新教徒的加入，最后导致人们怨声载道，团结起来对亨利三世的不公平政策进行反对叛乱，并且威胁到他的王权。因此，作为一国之君必须学会善用王权，不能用王权去干一些非道德的事情，这样只会让人们对你产生怨恨，倾覆你的制度，把你从王位上驱逐下来。

在王朝中，如果充满冲突、争辩、互相追究、互相埋怨的话，那么请保持警觉，这往往是叛乱的前兆，因为从这些行为可以看出臣民对王权已经没有一点敬畏之心。这些叛乱的臣民就像天上各种独立的行星一样，刚开始的时候他们都围绕一个星球在缓慢转动，一旦偏离了轨道他们就会各自运转，而且越来越没有规律，越来越难控制，当被围绕的星球继续自顾自地转动，不管其他行星的话，这些行星就会自成一国，失去星球对其的约束。因此，作为一个有智慧的君主，他们从来都不会允许自己的臣民拥有太多的自由，一旦被授予过多的自由就等于为自己埋下叛乱的种子，最后失去控制，从而威胁到自己的地位。

过于自由，与臣道不符。

——泰西塔斯

宗教、法规、议会、财政这四方面是一个健康政府正常运行的重要方面，一旦某个方面出现问题失去控制的话，那么人们就要提高警觉了，这也是问题出现前的先兆。但文中的以下内容暂且不谈论这些先兆，先讨论一下面对叛乱我们应该干什么、怎么防范、人们叛乱的原因是什么、是什么动机使然等等。

叛乱的原因是我们应该最先关注的，因为任何事情的发生都有其导火线，只是我们很少发现自己已经点燃罢了。因此，没有比找到原因更重要的了，只有这样我们才能避免自己触及雷池，防止事件的发生。民众发动叛乱的原因总的来说有二：一是过度贫穷，二是极度不满。有多少民众处于贫穷的边缘，就有多少人想要发动叛乱，就像以下这些内容描述的罗马战争一样："苛政猛于虎，摇摇欲坠的信用，这些都会引发民众有利的战争。"

"引发民众有利的战争"这句话说出了人们产生叛乱的有利条件和借口，也表明发生叛乱和混乱是这个国家的必然事件。如果那些拥有社会地位的人都陷入贫困之中，那么他们必定与普通的民众联合起来，共同打击推翻本国的政权。因为没有比挨饿更难受的事情了，食不果腹、民不聊生如果在这个国度出现，那么叛乱的程度是非常强大的。如果说人们仅仅是因为对某些政策和举措极度不满，这也不至于让叛乱的种子疯狂生长，而是仅仅会让民众的体内产生叛乱的火苗。当然，这些所谓叛乱的程度是不能作为一个明智君主采取行动的标准的，因为有时有些民众的情绪看似合乎情理，但很多时候确实极度不平衡，并没有你想象的那么简单，因此，一旦发现这两种现象就要高度地重视起来，只有这样，你才有可能在这些叛乱中安然度过，守护自己的位置。也不能用民众受到伤害的大小来作为判断事情严重性的标准，因为事情严不严重不是用肉眼能够判断的，只有当事人才清楚，这也是最危险的，就像一句俗语说的那样："伤害是可以衡量的，但痛苦却是不能衡量的。"还有，当人们长期处于压迫的状态中就会产生巨大的叛乱勇气，而且这些勇气的力量是非常强大的。因此，不要因为表面现象经常看到就以为没什么事情，事实上这正是暴风雨前的预兆。就像飓风到来以前总是风和日丽、阳光猛烈，但当云端的高压形成，飓风就会突然而至，雷电交加，让人来不及躲避。

叛乱的原因总结起来有以下这些：宗教条文改变、税负高昂、法规严苛、风俗变化、废除特权、打压民众、无能者升迁、异族人攻占、饥饿、散漫、党政之争以及能让民众团结起来的一切恶劣事情等等。

制止叛乱的方法不能一概而论，必须对症下药方能完满解决。因此，不要抱有利用个别事件的方法来解决类似事件的心态，这只会为自己招来灭顶之灾，必须学会具体问题具体分析。但通常情况下，会有这些解决方法。

第一种方法是解决贫穷。衣食从来都是民众最关切的问题，因此为了帮助民众解决贫困问题，国家可以采取以下措施：贸易的自由、支持并保护工业、否定无所事事之人、出台禁止浪费的政策、开发农田、控制物价、调整税负等等。

另外，关注国内人口的增长率，并学会根据自己的生产总值规范人口的出生率。当然，也不能因为经济因素过度地抑制人口的出生，因为人口突然骤减带来的问题远远大于调整国家消费，必须理性对待。任何事情都有其饱和度，就像如果一个国家的贵族人数大于普通民众的话，国家就会陷入极度贫困的危机，因为负责生产的人很少，吃饭的人却很多，这是十分难以平衡的。另外，接受教育的程度也是一样，如果很多人都具有这个方面的技能，但国家能提供的这方面的职位却很少，这就会造成人才过剩。

开放贸易是一个增加国家财富的有效的方法。任何地方都有其独有的丰富资源，如果这些资源单纯地运用在自己的国家就显得有点浪费，也不利于经济的增长。同时，某些地域也有一些比较贫乏的物质，如果这些物质关系到民生，那么将会严重影响本国居民的情绪。开放贸易，进行商品交换，将有利于国家经济的发展，甚至能改善本国的民生问题。另外，一个国家如果要增加自己的财富，单靠自由贸易是不足够的，还要注重资源的保护，像荷兰一样，它是世界上矿藏最丰富的国家，因此其国家财富远远高于其他国家。

另外，为免贫富悬殊，国家一定要合理分配财富，这样才能让国民过上安定的日子。在一个国度如果贫富悬殊的现象极为明显，这个国家的秩序也是非常混乱的。因此，为了营造良好的生存环境，国家必须采取有效的措施反对垄断行为的发生，以及制定相应的政策控制那些暴利的行业，这才能避免财富集中在少数人的手中，从而操控国家经济的命脉。

怎样才能消除极度的不满呢？对于这个问题必须要从民众开始着手。每个国家都有两种臣民：贵族和平民。这两种人如果单独行动的话，对国家是没有什么威胁的，但如果其联合起来的话，那么力量将是十分强大，将直接影响君主的政权。因此，作为明智的君主一定要设法与这两种民众和谐共处，避免自己得失任何一方，令其产生不满的情绪，只会为自己带来祸患。就像丘比特曾经成为众神想要杀害的对象，因此谋划将其抓起来，适逢这事被丘比特知道，他请求百臂的布瑞阿瑞欧斯帮助自己，让自己成功逃过一劫。如果丘比特平常经常得罪人的话，那么他能成功逃脱众神的追捕吗？相信是不可能的。

没有什么方法比让民众享有适度的自由更奏效的了，这能让民众的痛苦和不满得到有效的发泄，并且这种方法是一种比较安全的做法。如果民众一直被打压，失去自由，那么就等于让他们喝能致死的毒药，让这些毒药慢慢侵占他们的身体，最后毒发身亡，一命呜呼，让他们产生了怨恨。治疗怨恨最好的方法应该是埃辟迈修斯式的方法。埃辟迈修斯把瓶子中充满怨恨的因子都释放出来，然后把希望和幸运尽收瓶中，为避免它们飞走还用塞盖把其封住。因此，有智慧的君主从来都知道民众的需求，并尽量让他们看到希望，从而激发他们前进的动力，保持快乐的情绪，避免愤恨的产生，让国家在充满希望的环境中发展，变得强大。所以，当一个国家不被民心所向的时候，如果能让民众看到希望，并且通过一些有效的手段为他们实现愿望，这样就能有效地解决民心问题了。况且国家给予民众的希望很多时候都是比较容易做到的，至少他们也能做出充满希望的假象，为自己争取时间解决问题。

解决民众的愤恨，还可以通过政党中一些影响力较大的人来解决问题。如果这个在民众心中拥有地位和影响力的人也对政府极度不满，那么政府可以先对这个人下手，让其看到希望，把他变成自己这边的人，同时鼓动他说服民众放下愤恨。这是一种有效解决民众愤恨的方法，因为民众十分信奉自己尊重的人，相信他能为自己带来希望。采用这种方式的时候一定要小心谨慎，不能让这个充满影响力的人发现任何被利用的痕迹，否则这只会增加其愤恨的情绪，最后和民众联合起来对抗政府，这将是十分危险的事情。

聪明的君主从不作茧自缚，因为他们知道稍有不慎就会引起民众的愤恨，很多历史事件都证明了这一点。恺撒是一位十分独裁的君主，人们都希望他能有所改变，但在一次议会中他竟说出一句让民众彻底失望的话语："苏拉没有智慧，因此才不敢独裁。"另外，加尔巴也曾经说过一句话语让那些为国卖命的士兵感到气愤，毕竟他们付出的是生命，想得到奖赏也是人之常情，但加尔巴却说："服兵役是国民的义务，国家不需支付任何代价。"还有普罗巴斯也说过打击士兵士气的话语："如果我活着，罗马帝国不需要任何士兵。"因此，作为明智的君主一定要注意自己的话语，不能因为自己自负的话语否定了民众的功劳，并让他们产生愤恨的情绪，这将不利于自己以后的政治生涯。因为没有任何人喜欢一辈子站在别人的脚下，况且谁也没有义务要被你那些锋利的言语所伤。

作为一个有智慧的君主，一定是一个能防患于未然的君主。他们都喜欢在自己的身边安插一个或几个有勇有谋，甚至具有影响力的大将。当然，这位大将必须是一位德高望重，而且在民众中很有影响力，但同时又是对君主忠心耿耿的人才可以。就像泰西塔斯说过的一样：当有人发动叛乱的时候，很多民众都会拍手称快，因为其实很多人都有叛乱的情绪，但却没有叛乱的勇气，当有人大胆踏出这一步时，人们就会如梦初醒般兴奋无比，并希望此人能够叛乱成功。叛乱的情绪每时每刻都存在于民众的脑海里，只是他们还没有找到同类罢了。这位守护国君的将领还必须是一个不喜欢党争、以集体利益为先的人，只有这样他才会竭尽所能地为国家抛头颅洒热血。

Chapter 16

谈无神论

我相信天地万物都是由神灵主宰的，就像我相信《金传》《塔尔木经》《可兰经》一样。对于那些所谓的无神论者，神并没有做出任何的解释，因为神本身创造的奇迹和世间的万物足以证实这一切。

人类创造了哲学，但这些哲学很多时候都与神有关，一旦探究起来就会与宗教的某些条文不谋而合，因此，哲学和条文可以说是没有多少区别的。就像留基伯、德谟克利特、伊壁鸠鲁等学派，已经证实是和宗教有关的。人们对于很多事情都喜欢追究因果，但当我们探究其因的时候，就会发现其果与因是藕断丝连的关系，无论怎么解释最后都要涉及神灵才能得以理解，并为人们所知。相系相连的东西都与神脱离不了关系，既然如此，我们何必与他们纠缠不清，甚至停滞不前呢？

我认为世间万物都是由神来主宰的，他们为我们构造了良好的生活环境、活跃的思维、丰富多彩的生活以及与人类一样具有生命力的各种生灵，让生灵之间和谐共处、互相制约、互相照应。食物链是神创造的最伟大奇迹，它让我们知道世间万物都是有联系的，甚至严重影响生存的环境，这比那些所谓的原子理论要好得多了。

《圣经》上说："顽固的人说他的心里没有神。"但却不是说："顽固的人心里根本不相信神的存在。"这两句话有点矛盾，但同时可以看出无神论者从来都没有考究神是否存在，而仅仅或者是因为受到周围人的影响，或许根本就是人云亦云罢了。相信只有那些认为神不能为自己带来好处的人才会否定神的存在。对于大多数人来说，神是存在的，不过是他们比较固执，嘴上不肯承认罢了。

经常喜欢发表无神论演说的人，他们总是把这些理论挂在口边，但从来都不会放在心上。在社会生活中经常能够看到这种现象，就是人们经常不厌其烦地说着一些话，但从来都不会过分肯定自己所说的话，或许他们想人们对自己的见解予以支持，否则就会十分不自信，对自己所说的话也会产生怀疑。另外，那些无神论者也和宗教社团一样吸纳着自己的社员，即使遭到别人的打压，他们也不会改变自己的想法，用坚韧的决心向这些人证明自己的论点。正常来说，如果你是不相信神灵的存在，那么只需表明立场就可以了，何必要为自己寻找烦恼，想让别人跟你的观点一样。伊壁鸠鲁曾经说过一句具有争议性的话："神灵是存在的，但他从来都不参与人类的纷争，喜欢保持沉默罢了。"既然他是无神论者，何必要说出这样的话语让人们浮想联翩？在很多人看来，其此举不过为了沾染神灵的光环罢了。当然，这或许是人们想要污蔑他才说出这样的话，而事实上神灵的确是如此的。很多人之所以渎神，不过是为了让自己的见解能借助神灵的影响得以流传。相对于柏拉图，伊壁鸠鲁这句话是非常有价值的，况且他也没有否认神灵的存在。

当然，神灵们在很多时候都没有被统称为一个名字，经常以各种各样的名字存在于人们的生活中甚至脑海里，像丘比特、阿波罗、马斯等，这些都是十分常见的神灵名字。由此可见，神灵们在人们的生活中随处可见，不但只存在于那些所谓的哲学家当中，也存在于那些粗鲁的人之中，只是他们对神灵的表达没有哲学家们那么博大精深罢了。迪亚哥拉斯、巴昂、鲁先等是思想家中无神论者的代表人物，即使是这样，他们的力量也是十分微薄的，很多时候都难以坚守自己的论点。因为当他们说出自己是无神论者时，就会被冠以异样的眼光，同时我们可以知道所谓的无神论者其实是一个虚伪的小人，他们刻意否定神灵，一旦灾难来袭，他们是要接受火刑的。

之所以存在无神论，是因为宗教的分裂，但这种分裂是有好处的，它能让人们为了坚守自己的观点产生了竞争，这更有益于宗教文化的发展。但如果分裂的教派太多的话，这将有利于无神论的发展。其次，因为僧人出现过丑闻，就像圣伯纳说的一样，现在普通的民众都比僧人强了。再次，也因为宗教产生了很多的分歧，这些分歧严重影响宗教的尊严，让人们对所谓的宗教产生了不信任感。最后，就是因为安定的社会环境，曾经有人说过厄运和灾难更能让人们倾向于宗教。

那些否定宗教思想的人和普通的动物没有多少区别，可以说宗教文化是人类文明的结晶，这些结晶是人类与动物的重要区别，如果对其加以否认，那么人类就只能变成卑贱的动物了。另外，无神论也否定了人们坚强的意志和勇气。我们用人类忠诚的朋友——狗来举一个例子。在狗的世界里人类就是他们的神灵，它在人类面前是十分勇武的，想通过自己的方式表达对人类的信仰，而且它们也相信即使自己遇上什么危险人类都会挺身而出保护自己，人就是神灵，就是自己的守护神。这之于人也是同样的道理，我们就是深信神灵能够保护自己，因此勇气倍增，无论做任何事都是信心满满的。

因此，对于那些宣扬无神论的人，我认为是十分讨厌的，因为他们在扼杀了人们所相信的希望，甚至让人们觉得自己就是孤军作战。事实上，即使支持有神论也没有任何损失，毕竟他让人们获得了安全感，进而为自己的目标不断地奋进。罗马是一个十分推崇宗教对人类影响的民族，相对其他国家而言表现十分出色。就像西塞罗说过的那样："我们的人口不及西班牙，艺术氛围不及希腊，体格不及高尔，狡猾程度不及迦太基，但在宗教上，我们的虔诚程度是其他国家不能比拟的。"

Chapter 17

谈迷信

之于神灵，他们并没有要求所有人都要奉承他们，俗语说得好：信则有，不信则无。因此，与其相信错误的信仰，不如不相信信仰为好。否则，这些错误的举动只会让神灵蒙受羞辱和不白之冤。就像普卢塔克说的那样：与其说普卢塔克曾经以吃人为荣，还不如说从前并没有普卢塔克这个人比较好。

所以，对待信仰，我们应该明确自己的态度，不能太刻意地进行否定，或过分地沉浸在其中，这是百害而无一利的。对于那些无神论者，他们把自己的信仰寄托在科学、哲学、思想、法律、生活等方面，这些都是对他们信仰的另一种表达，能使我们给予支持的做法，而且这种做法比较理智，让人们即使不相信宗教，也能有寄托精神的承载。

然而我们看一下迷信，迷信使人们对现实进行扭曲，甚至超脱了道德，让人猝不及防，甚至威胁政权，想一家独大。相对于无神论而言，其威胁更大，有可能让人类社会的历史重新改写，或严重影响人类的精神文明，使人类的思想扭曲等等。因此，迷信带来的危害是非常巨大的，它不但推翻了很多历史实验的真理，而且还让很多是非黑白的东西都颠倒过来，让整个人类社会处于混乱的状态，人们的精神也会受到严重的冲击等等。

信仰是建立在客观事实的基础上的，它们是经得起时间考验的真理，而且很多事情都有其发展的规律，让人们学会从错误中吸取教训，让自己的思想境界、道德素质、智力水平、处世为人等方面的能力都得以提升。但迷信则是单单从事物的表面现象去判断事物，单凭人们的主观意识进行思考，没有一点科学的理据，很多时候还会严重扭曲事实的真相，否定人们根深蒂固的道德标准，视法纪纲纪为无物，认为这些都是阻碍社会发展的歪理，一意孤行、任意妄为、无法无天这些都是迷信的重要表现。

迷信的现象如果在人类社会广为流传，那么将会使人类的历史改写，它就像盘古辟地一样为人类社会揭开一个新的篇章。很多时候为了让人们接受迷信，它就会为自己披上宗教的外衣，这是非常丑陋的行为，但做坏事的人从来都不会考虑自己的行径是否丑陋，而只在乎结果。这就像为了使鲜肉变成腐肉，微小的细菌们从来都是不辞劳苦地进行工作的，又像为了让人们相信迷信是值得学习的“信仰”，他们也会借鉴宗教那些烦琐的仪式，对人们进行“洗礼”。

为此，人们为了让自己远离迷信，就进行一些所谓“正当”的行为，但这些行为正好也是迷信的表现，“我们倒洗澡水的时候注意不要把孩子也倒出来了，这样只会使自己痛心疾首”。因此，理性地对待所谓的信仰改革，将有利于我们用正确的态度对待改革。

Chapter 18
谈旅行

旅行对于孩子们来说是一次很好的学习机会，对于老人来说却是生活的一次经验。但我很不支持人们外出游历的时候没有做充分的准备，这些准备包括学习一点当地的语言、了解这个民族的文化，以及这个民族有什么地方是值得一去的等等。这些看似无关紧要的问题，其实是相当重要的，因为谁也不想自己难得的一次游历竟然像上课一般，对很多事情都没有正确的认识，甚至感觉很迷糊。解决这个问题的最好办法除了自己在出发之前做功课外，还可邀请自己曾经到过此地的朋友一起出发，或参加一些有导师的团队，这将为自己更好地了解这个民族，并让自己的游历充满意义。

但很奇怪，人们如果参加的是海上旅行，周围只有蓝天白云和一望无际的海洋，其他东西似乎都看不到，但他们却喜欢在船上写旅行日记。但在陆地上的旅行却截然相反，人们通常能看到五光十色、色彩斑斓的新鲜事物，充满了视觉的享受，但却很少对自己的行程和感受进行记录。这有点太不合乎常理。事实上，用心体验的东西往往比那些走马观花的事情更值得记载。因此，当我们外出旅行时，不妨将那些用心体验，而且比较新鲜的事物进行记载，这会为自己留下美好的回忆。值得记载的事情有很多，如在君主国家，可以的话观看他们接待外宾的仪式，也可参观他们的法院，如果有庭审就更好了，也可到他们的博物馆走一走，了解他们的历史文化、人文艺术，还可参观他们比较出名、历史比较悠久的大学，当然还有那些历史建筑、人文景观等等，这些都有助于我们了解这个国家的风俗、习惯、历史、文化、人文精神等方面。当你对某些事物感兴趣时，还可询问自己的导师和朋友，让他们为你解说，增长自己的见闻。

当然，在旅行的过程中，如果时间允许，最好走进当地居民聚集的地方，这样你能更清晰地看到这个地方的风土人情，并且也能享用各种各样的美食，当然他们生活的一些景象也能让你尽收眼底，如结婚、宴会、业余生活等等，都会让你产生视觉的冲击。这些内容大可不必记录，但却不能错过，毕竟这也是他们文化的一种。

如果我们要在旅行中学习更多的东西，除了与导师和朋友一起去之外，还要准备一些资料，这些包括地图、介绍当地文化景观的书籍等等，这些都能让你在有限的时间里掌握更多的资料，让自己的这次旅途更充实、更有价值，同时也要及时地写日记，记录自己的见闻和感受。

当然，所谓的旅行都是短暂的，我们不要在一个地方停留太久，这将不利于自己全面了解这个国家的文化。另外，如果要住宿的话，最好不要固定在一个地方，如果今日住城市的南边，明天就住它的北边，这将会让你能更清楚地看清这个民族的文化和生活环境。另外，还要尽量避免与相熟的朋友一同前行，否则你就会错过认识更多朋友的机会。认识当地的朋友，能让你更清晰地了解当地的风土人情，也是缩短旅行时间的有效方法。

在旅行中，如果能够让那些驻国大使或他们的下属接待一下自己也是非常有好处的，这样就能结识来自不同国家的人，因为大使馆的人通常都与这个地方其他国家的驻国大使联系紧密，如果能通过他们的引见，你就能感受不同国家的文化，让自己增长更多的见闻。当我们走到这个陌生国度的街头，如果看到有人争吵或打斗，要注意保护自己，避免自己卷入这些是非之中。

当旅行结束后，不但要及时总结，还要学会和在旅行中结识的最有价值的朋友保持联系，这将让你对这个国家有更深入的了解。人与人之间的交往不能单纯地从他们的服饰、外貌进行评判，而应该通过沟通，只有沟通才能让双方的关系变得更好。回国后你会发现自己并没有不能适应本国的生活，而且还能让自己在他国看到的有益的东西的精华运用到自己的日常生活之中，让自己的生活变得更有价值和意义。

Chapter 19

谈王权

拥有王权的人看似要风得风，要雨得雨，但事实并非如此，很多时候他们都有自己的欲望，却被很多因素制约，最后只能望洋兴叹，这也是一个拥有王权的人的无奈。除此之外，因为他们的物质很丰富，基本想要的东西都有，因此他们的精神很多时候都十分颓废。

正所谓居安思危，其实作为拥有王权的人，他们的脑海里每时每刻都会出现被争夺王权的情景，最后让自己一无所有。这种想法虽然有点庸人自扰，但事实上，这些事情发生的概率还是挺大的。但因为这些矛盾心情的影响，导致拥有王权的人的心思是非常难以猜度的，其一可能是因为他们无所求，因此，对很多东西都没有激情；其二，因为他们杞人忧天的心境，让他们闷闷不乐，甚至产生畏惧。这两种情感的交织让君王成为一个矛盾体，因而让人感觉忐忑不安，变得混乱无章，让人们很难弄清楚君王的想法。

为了让自己的心智能有所寄托，君王们经常会醉心于一些东西，也可以说是他们的兴趣。这样就能转移他们注意力，让自己的心灵得到休息。有时他们会让部下建造一座宏伟的建筑，有时会设立某种政策，有时会提升一个能人异士，有时会专注研究一种技术，就像尼罗擅长弹琴、达密擅长射箭、可谟达斯擅长剑击、卡刺卡擅长骑马等等。

世人面对事物的选择都遵循以下这一规律：对那些微不足道的事情十分上心并持之以恒，但对于大事则喜欢采用逃避政策，视而不见。在历史上很多帝皇都有这样的特征，他们开天辟地的时候英勇过人、十分气概，但当权力尽得后就会自命不凡、停滞不前，最后即使遭遇小挫折也不能很好地面对，自怨自艾，甚至失去理智和迷信。这样的君王多不胜数，如亚历山大大帝、代奥克里先、查理五世等。

王权的气度是因为矛盾的产生才造就出来的，因此真正的王权气度是很难保持的，假以时日，它就会逐渐消失，无影无踪。尤其是很多君王在对臣民进行统治的时候把握不了一个度，过分地使用权利只会让相同的东西相互碰撞产生矛盾，对于相反的东西又会使他们越行越远。因此，维斯帕显曾经问过阿波郎尼亚斯一个问题："尼罗被颠覆的原因是什么？"对此阿波郎尼亚斯给出了一个发人深省的答案："尼罗很擅长抚琴及修琴，但面对政治他却不能把握其中的'度'，时而收紧政策，时而放松政策，最后其做出的决定让人们不得不怀疑这个决定的权威，因为实在是太不平衡了。”

事实上，很多君王对于威胁的敏感度是十分差的，他们从来都没有稳固的制度去衡量什么才是威胁、什么是安全，当事件突然而至时就会采用一些比较迂回的话语绕道而行，让自己避免参与这些敏感的话题，逃避永远都不是解决问题的最好方法。因此，不要自以为聪明地和命运之神决斗，王权的守护是一件十分困难的事情，因为很多威胁王权的事情是很难预料的，这就要我们保持警惕和英勇的气概，才能让自己临危不乱。当然威胁王权的因素很多时候都把握在君王自己的手中，这也是他们感觉最矛盾和最难处理的地方。由此可见，王权的缺点是既想达到某种目的，但又不想采用那些必要的方法。

作为一国之君，必须处理好以下的关系：邻国、皇妃、子女、重臣、民众、贵族等，很多时候危险的事情都是因为君王不能妥善处理这些关系导致的。

与邻邦的关系是十分重要的，因此君王必须密切留意邻邦的一举一动，并采用合理的方式制约他们变得强大，否则这将是对王权最大的威胁。这些工作很多时候都是国家的一个重要部门负责的，他们的视线永远都不能离开邻邦。英皇亨利八世、法皇法兰西斯一世、国王查理五世在这方面的表现就十分出色。为免邻邦侵占自己的疆土，他们联合起来组成一个联盟，一旦有一个国家的力量变得强大，想要争夺更多的疆土时，另外两个国家就会联合起来对抗他的行动，从而打消他的念头，保持和平友好。必要时，他们还会采用武力去解决问题，绝不会因为一时的小利而放下手中的兵器，誓死维持原有的主权。又像佛罗伦斯的劳伦斯·麦地奇和卢道维赫斯·斯福尔察，他们通过联盟约定谁也不能先对谁动手，一旦发现对方有异举且威胁到自己的话，就可以义无反顾地先发制人。虽然这不是很仁义，但这是保护好自己王权的最好方式。

皇妃的威胁在历史上有很多鲜活的例子，是屡见不鲜的事情。像丽维亚毒害自己的丈夫而臭名远播，梭利满的皇后罗克撒拉娜杀害了深具影响力的王子苏丹穆塔斯法，并残忍地对待其亲属和子女，还有爱德华二世的王后带头主张废除杀害爱德华等等。因此，有智慧的君王从来都不会忽视离自己最近的人对自己的威胁，而且这些威胁往往是最危险的。

君主除了处理好与皇妃的关系外，还要处理好子女的问题，不能因为自己的猜疑心而对子女的行为进行猜忌，这往往是灾难的开始。像上文说到的梭利满王子穆斯塔法之死对于其国家而言是一个致命的打击，因为代替其继承王权的塞利马斯二世是一名私生子，血统不纯。又如康士坦丁努斯大帝有两个儿子，一个性格非常温驯，却被父亲亲手杀害；另一个儿子康士坦洽斯在战争中受伤，导致身体残弱，最后在疾病的折磨中死去。又如马其顿王腓力普二世的王子德米垂亚斯的死，也是与其父亲有关，最后父亲抵受不住良心的谴责屈屈而终。这样的例子还有很多，但作为一个有智慧的君王，一定要注意猜忌子嗣带来的祸害，暂时也没有发现任何人能够成功逃脱猜忌带来的伤害。但如果是子嗣亲自带兵攻打夺权就会是一个例外，像塞利马斯一世远征巴亚塞提，英王亨利二世的三王子等等。

宗教教主的力量也是不容忽视的，但很多时候都不是这些教主主动地挑衅王权，而是他们背后的力量，总的来说有两种情况会导致他们大胆地对王权进行挑衅：一是有外国势力的支持；二是很多民众都鼓励其起事。由于有外来力量的支撑才让他们大胆妄为，因此君王必须要留意教主们的这些举动。在历史上安塞尔马斯和坎特白雷大教主汤玛斯·拜开提就曾用他们的桂杖与君王兵刃相见，但旗号却是十分有霸气的：打倒傲慢固执的君主威廉·鲁夫斯、亨利一世和亨利二世。

对于贵族，君王可以对其视而不见，但绝不能剥脱他们的特权和压制他们。毕竟他们在政治、社会都具有一定的影响力，而且很多人都掌握着一些兵权，因此，如果与他们的关系处理不当，就会让自己守护王权之路显得十分艰难。就像亨利七世，他采用打压的手段对待贵族，虽然并没有发生叛乱的情况，但国家事务的处理可以说是举步维艰，毕竟每个政策的实施都离不开人，而这些贵族拒绝帮助君王，最后只能让国家事务无疾而终了。另外，还有一些贵族是负责与社会地下层的民众打交道的，他们对王权的威胁可以说是零，但因为其与民众的关系密切，如果民众闹事起义，那么就需要依靠这帮人处理，因为他们是最熟悉群众的，对民众的事情可以说是了如指掌，因此，处理好与他们的关系，就是处理好与民众的关系。

对于商人，君王也要妥善处理其关系，毕竟他们是财政收入的主要来源，一个国家的商人创造的财富如果十分有限，那么就会严重影响国家的收入，收入的减少导致国家很多的政策都难以实施，最后变成空谈。这对于一个君王来说是致命的打击，相信没有多少人会臣服一个言而无信的君主。为了使国家正常运转，政策如期实施，就必须处理好与商人的关系，这样即使增加税负也不会让他们有过多的怨言，支持国家的发展。

至于民众，他们最关心的是自己是否处于一个安定的社会环境之中，舆论是否自由，宗教信仰是否自由等等，因此，如果一个国家没有太多地干涉这些问题，那么民众可以说是这么多关系中最安全的关系了。

对于军人，必须实行等级制度，不能一视同仁，否则只会让他们集中起来对抗王权。奖赏对于军人来说是不可忽略的鼓舞方式，但绝不能同时进行奖赏，必须区别对待。另外，军队之中一定要设有将领，一定要是那种忠于国家的人，这样士兵在他们的带领下就会忠于国家，对王权的影响也变得十分细小。

作为一国之君，他们肩负着国家的命脉、国家的使命、民众的衣食、民众的安危，因此必须严格要求自己，采用正确的方式平衡各种关系，并处理好这些关系，让他们团结起来，才能凝聚巨大的力量，让国家日益富强。

Chapter 20

谈诤言

人与人之间的相处最重要的是信任。经常听到别人说把田地、产业、财富或其他的一些事情交给别人保管经营，在我看来这只是把自己生活的一部分交于别人进行管理，因此，人们对他人的信任是有所保留的。这仅仅只是绝大多数的情况，对于那些所谓的诤友，很多人都喜欢全盘托出。诤友是人们百分百信任的朋友，他们肩负着诚信和忠诚。对于那些有智慧的人来说，他们从来都不会认为自己已经足够聪明，不用听取其他人的意见或建议。恰恰与此相反，他们很喜欢那些能够向自己诤言的人。

采纳忠言，才是安全之道。

——所罗门

因此即使是神，也都喜欢进言的人。当然，所进之言必须是诤言。每件事物都有其因果的关系，不会因为别人的无中生有而改变。因此，我们必须正确对待别人的进言，不要被那些谗言影响了自己的判断，也不要因为谗言而遮蔽了自己的视线，让自己看不清事情的真相。神最喜欢的国家也因为谗言而导致覆灭。这个世界具有很多的可能性，这些或许会让我们猝不及防，但保持清醒的头脑去判断是非黑白绝对是我们必须拥有的能力，否则，只会让自己被谗言分裂和颠覆。

有很多寓言都说明了诤言和君主之间的关系，以及君主们该怎样善用这些诤言。墨提斯是诤言的化身，丘比特却有幸娶到这样的妻子，这则寓言很好地阐述了君主应该和诤言成为一体，相互依靠，因为诤言只有通过君主的使用才能产生效用，而君主也需要诤言的帮助才能得到明智的主张。后来墨提斯怀孕了，但求知欲迫使丘比特不得不把墨提斯吃进肚子里。最后丘比特的头颅中竟然生出了装备十全的帕拉斯。这个寓言却很好地说出了为君之道。作为一个明智的君主要学会和臣民商议要事，取长补短，采纳臣民有益的进言。当讨论得差不多的时候要学会适当停下来，然后在自己的脑海里组织此次议论得出的重要观点，把这些观点转变为自己的想法，并有技巧地向臣民说出自己的决定，这个决定就如寓言中的帕拉斯。因此，在与臣民商议要事的时候，要学会把有益的进言变为自己的智慧，然后让他们感觉这些智慧是由你自己想出来的，让他们拜服你、敬佩你。

每件事情都是有利有弊的，虽然诤言能够帮助我们找到解决问题的方法，但因为要获取诤言必须把自己隐秘的事物和盘托出，这也是一件十分危险的事情。其次，当我们采用了别人的方法后，或许会让想出办法的人对我们产生蔑视的心态，认为我们没有他是成不了事的，从而影响王权的权威。再次，当我们说出困扰自己的事情时是为了获得诤言，同时这也为那些小人创造了进谏谗言的机会，一旦我们不够谨慎而采用了谗言，那么将会是后患无穷的。意大利和法兰西的几位君主曾经就受过这三个缺点的影响，让自己失去权威，甚至失去王权。

对于国家的机密，君主一定要有所选择地说出来，而且不用当着所有大臣的面，可以和一两个值得信任的大臣进行商议。当然，有些秘密只能由君主一个人知道，如果自己想要得到一些进言，可以有技巧地对他们进行提问，并且要适可而止。否则稍有点头脑的人可能就会猜度到你的心思，打着自己的算盘。另外，对于一些重大的事情进行保密，这对事情的发展将会有很大的帮助，因为保密性强，导致它们在执行的时候很少受到干扰，这也是重要事情成功的关键因素。当然，君主的力量是十分微薄的，有时必须依靠别人的帮助，但这些人必须是对君主十分忠诚的人，具有为君主效力万死不辞精神的人才是首选。唯才是用是每位明君必须具备的素质，当你能做到这一点就如虎添翼，可以展翅高飞。因此，如果要成大事，君主必须严格要求自己，并且要不断地增长自己的智慧，这样才能在合适的时间做合适的事、合适的选择，才能让自己的国家长治久安。就像亨利七世一样，从来都不会向臣民说出自己的秘密，除了摩吞和福克斯。

君臣公议一事可以说没有一点坏处，集思广益也是这个意思。如果凡事能以一己而为之，那么只要君主一人处理国事即可，又何必浪费国家财政，养着一大帮臣子。作为臣子为国家效力是责无旁贷的事情，不能以个人利益为先。另外，诤言很多时候都是在议论中产生的，是众人智慧的结晶，虽然很多时候这个结晶是由君主进行总结，但这也不影响其实施的效果。

上文说过一起议事的坏处就是一些谗臣从自己的个人利益出发，抓住时机进谏谗言。作为一位明君，一定要清晰地知道朝中大臣的个性。有些人心性耿直，不喜欢弄虚作假，不喜欢搬弄是非，对于这种人，明君们从来都不会错过，一定会把他们留在自己的身边，作为知己。另外，作为明君还要知道朝中的党派关系，物以类聚人以群分，具有相同特点的人通常都会勾结在一起，产生共同的利益关系。而明君通常都能顺利解破他们这种关系，让他们没有合作的理由，这样的官场才能明净如镜。当然这是一个让人十分头痛的问题，必须是那些很有智慧的君主才能顺利解决。

进谏的人必须清晰知道君王想要处理事务的所有信息，这样才能提出优秀的建议，并为君主所用。一个能够说出诤言的人从来都是那些甚少猜度君主性情的人，因为对君主越熟悉，进言的时候就会越谨慎，越谨慎就会越不敢说出真正有用的诤言，这对于事情的解决是毫无帮助的。作为一位明君，必须清晰自己因为拥有权威性可能会导致有些地位稍微低下的人不敢在大众面前说出自己的见解，对于这种人，你大可以私下与他见面，然后听取他的意见。私下见面能让讨论的气氛变得轻松，进言者也能畅所欲言，把自己的想法和盘托出，这样也容易得到有效的进谏。当然，不能单凭一个人的观点就对事件下结论，要多听取其他大臣的意见，尤其是那些经验丰富、德高望重的臣子的意见，对于这些臣子，最好能在大众面前让他们谏言，这样他们就会给出比较中肯的意见，虽然有点谨小慎微，但这往往是解决事情的关键。然后把这些意见都综合起来，得出一套比较完备的方案，并按此方案执行，将会得到相得益彰的效果。

君主组织臣民议事的时候，一定要围绕事件的本身进行，否则议事的过程就会像一潭死水，毫无生机。在这种情况下如果要获得好的谏言，相信是一件比较困难的事情。另外，对于一些比较难以启齿的事情，大臣们可以通过书简的形式向君主提出，这也是一种比较好的进言方式，它能让君主反复阅读，反复思考，权衡利弊，做出正确的决定。

所谓的议事，对于很多臣民来说都显得有点不太严肃，因为很多时候他们都像在围绕一个话题进行辩论，这种方式可能会让事情的解决方法变得模棱两可，根本没有一个准确的结论。因此，为使议事的主题更突出，大臣们得到更好的解决方法，最好在议事前一天就把议题分发给各位将要参加会议的大臣，让他们在独处的时间里对这些议题进行思考以及想出属于他们的方式方法，为事情的有效解决提供帮助。

在议事前，最好由提出议题的人面对各位参与者说出提出这个议题的原因、目的、想要得到的解决方法等，加强他们的印象，让他们思考自己的谏言是否符合主题，这也会让与会者得到充分的时间去调整自己，对议题的解决将是大有裨益的。

另外，最好建立一些委员会，当然这些委员会要各自只专属于一个方面，如财政、经济、法律、民事、政治等等，然后议题由相关的委员会说出。最好在提出后委员会的委员们也要对这个议题的解决方法进行思考，并把自己认为能更好解决问题的方法写出来，递交到决议机关。对于很多国家而言，决议机关只有一个，因此他们需要处理的日常事务是非常庞大的，处理事件的时间也非常有限，这使得各个委员会的权利变大，毕竟优秀的解决方案还是需要那些专业的人士才能想出来的，如果单靠议事机关，那将会使事情更加难以解决。

展开会议的场地环境也是十分重要的，尤其是那张议事的桌子的形状也是确定事情能否顺利解决的关键。一般情况下，方形尤其是长方形的桌子是最有效的，因为桌子的上端坐着那些指挥者和决策者，而桌子的两侧则坐着拥有对立观点的人物，这对于决策者吸取双方的谏言结晶是非常有帮助的。

作为决策者，也不要随意袒露自己的想法，尤其是具有皇权的君主更不能这样做，否则，难免会有一些喜欢阿谀奉承的人为了讨好你刻意地偏向于你的意向，最后导致事情不能完满地解决。

Chapter 21

谈时机的把握

决定每件事情都有其该把握的时机，而这个时机往往是弥足珍贵的，不要像君王接受西比亚报价一样，根本没有深入了解就予以拒绝，当西比亚把原来的九本书烧到只剩三本的时候才后悔莫及，这时再下手就已经错过机会了。

好时机来临的时候通常是默不作声的，如果你足够聪明，应该要思考一下为什么这些事件会发生在你身上，参与这件事情对自己有没有好处，这些事物对自己有没有价值等等，必须仔细衡量才能发现当中的玄机，才不会让自己错过这些事物。把机会据为己有，通常是那些具有敏锐眼光的人所做的事情。

当然，每个人的敏锐眼光都不是与生俱来的，而是一次次经验的总结。因此，当你第一次错过这些对自己有用处的美好事物时不要太自责，因为这是圣人们都会做错的事情，我们能够做的是不要重复犯错，否则就显得有点无可救药了。有智慧的人也不喜欢坐等机会，很多时候，当他们发现一些事情对自己十分有利时，就会主动出击，杀敌人一个措手不及，这样才能在被动的危险中扭转为获取胜利的有效机会。因为经常坐等机会，自己就会变得散漫，最后可能陷入酣睡状态，对机会的到来显得十分迟钝，这或许就会成为自己失败的导火线。

主动当然具有美好的一面，但如果过早地行动，对于时机的把握有害而无利，就像在战场上一样，如果敌强我弱，过早地采取行动不仅对自己没有一点好处，或许还会引起强敌的注意，为自己招致祸患。因此时机的把握显得尤为重要，必须在不温不火的时候做决定，如果不能把握其中的这个度，那么无论做出怎么样的行动，都会有让我们感到后悔的地方。

千里眼阿加斯最能肩负大事件的开端，布瑞阿瑞欧斯却像千手观音一样能顺利完成结局。任何事情要成功都与时机和时间的把握有关，当决定一件大事的时候，我们可以闭嘴不言，但行动上必须迅速，最好达到雷厉风行的境地，这时事件想不成功都难。

Chapter 22

谈狡猾

狡猾是一种扭曲的聪明，是一种不可信任的行为，同时别人也把狡猾称作诡计多端。因此，狡猾和聪明是截然相反的两个词语，一个是贬义，一个是褒义。

有的人很擅长揣测别人的心思，但却不懂人心；有的人很擅长赌博，对输赢的概率很敏感，但对人、事、物的判断却欠缺考虑，没有一点过人之处；有的人很擅长拉帮结派，却成事不足败事有余；有的人很擅长读懂人心，却不学无术，等等。这样的人我们可以和他们一起共事，却不能一起谋事。因为他们表面看来很有能力，但实际上根本没有一点过人之处，很多时候都是碌碌无为，没有一点贡献。

之所以这样说是因为他们把自己的脑袋用在了不适合的地方，他们喜欢思考，但苦思冥想的却是怎么才能让自己承担最少的责任，怎么才能让自己付出最少的汗水，怎么才能获得最大的回报等等。一旦你让他们接受一个新任务，相信没有多少人是乐于接受的，因为当他们形成一种让自己愉悦的工作模式，突然要求他们改变，这会让他们产生焦虑，甚至不愿意接受，最后只会怨声载道。因此，聪明的管理者从来都不会对这种人抱有任何希望，毕竟他们假装努力的面具一旦去除，本来的面目就会公之于世，但这个面目不是常人能够直视的，因为其的确很丑陋，丑陋得难以形容。

狡猾术的第一个特点：当你与人交谈的时候，要注意观察对方的表情，因为无论多么聪明的人，都很难控制自己的表情，他们的心理活动都在表情中显露无遗。当然，我们观察的时候不能太露骨，要保持谦虚，并不时对对方提出的观点进行回应，就像自己仅仅是作为聆听者一样。第二个特点：当你有求于人的时候，切记直奔主题，这样当事人会感觉十分反感。我们可以先说说其他事情，让他先分散一下注意力，然后再慢慢地在谈话中渗入自己想要别人帮助的事情，这样就显得顺理成章了，就像议政员请求伊丽莎白女王批示文件一样，从来都不会直接让女王批示，而是与其说说家常话，这样女王就不会把注意力都集中在文件上了。

当有些事情难以启齿的时候，我们可以在别人很匆忙的时候提出来，这样他们就会没有多少时间去考虑这个事情，那么成功的概率就会大增。

当自己想要阻止某件事情，但又怕别人先把这个问题提出来的时候导致自己难堪，这时主动提出将会提高成功的概率，并且在提出的时候一定要表现出自己很愿意的样子，这样才能避免别人识破自己，从而成功地阻挠某事。

当你想告诉别人某件你自己认为很重要的事情时，如果要别人乐于听取你的意见，最好的战术是欲言又止，这样就会增加听者的好奇心，希望你能尽快把事情说清楚。

当我们想要改变主意又怕别人说我们举棋不定的时候，那么我们可以由主动变为被动，假装自己不想再提及这些事情，并且表情上又要与往日不同。这时别人就会主动询问你的意见，届时再提出来，就能成功地让自己的想法变成现实了，就像尼希米在君王面前从来都不会愁容满脸一样。

对于那些不愉快或导致别人情绪低落的事情，最好先鼓动那些没有多大影响力的人先说出来，当事情谈论得差不多的时候那些地位显赫的人再参与到这些话题之中，让他人询问其意见，就像西撒斯告诉克劳底亚斯梅沙利娜和西利亚斯喜结连理的事情一样。

当自己不想在某些事情上发表自己的意见，但又不可逃避时，可以把自己的想法变成别人的想法，说出意见时加上“别人说”、“人家说”等前缀即可。

写信的时候人们常常用到的技巧是使用附言的形式把自己认为重要的事情都写在里面，让别人感觉这个事情并不重要，仅仅在这里提及一下罢了。

还有一种人喜欢左右而言他，好像很多事情都无关紧要一样，但最后却把自己认为重要而敏感的事情说出来，表现得漫不经心，好像已经忘记了这个事情，是因为突然想起才说出来，这就能很好地避免别人误解自己过于功利或保持警惕。

有个人曾想要报复某人，于是当这个人出现的时候，他表现得十分惊讶，好像自己从不曾预料到这个人会到来一样，然后拿出一些文件或假装做着某事，以便这个人向自己发问，然后把自己想要说的事情都说出来。

另外，还有一种比较狡猾的战术，就是自己刻意说出某些话语，然后让自己的对手鹦鹉学舌，最后达到自己的目的。就像在伊丽莎白女王时期，有两个关系非常要好的人都想要担任部长这个职位，有一个人为了能顺利坐上这个职位而刻意地在对手面前说了这样一句话：“在王朝衰落的年代，我才不稀罕部长这个职位。”这个人听后没有多做思考就鹦鹉学舌地在其他友人面前把这句话说出来。最后前者利用各种机会让女王能够听到这句话，最后女王果然对后者大失所望且很愤怒，因为没有哪个国王喜欢听到“王朝衰落”这样的话语。

还有一种狡猾术是抵赖，当某人对另一个人说出某些话时，可以说是另一个人教他说的，这种情况很多时候都很难辨别真假，毕竟没有第三方在场，全凭他们自己的话语是解释不清楚的。

还有一种人明明对别人怀恨在心，并采取了一些报复的措施，当事后被追查的时候就把罪恶施加到另一个人身上，并撇清所有关系。就像梯盖利纳斯对布豪斯做的事情那样：“他并没有叛逆你的意思，可谓忠心耿耿，但却经常挂念国王的‘安全’。”

有的人很喜欢借助故事说出一些内容，并希望通过这些内容达到自己的目的。当然这就要看对方的悟性，如果一个人的悟性很高，说出一个故事就足够了，但如果碰上悟性差的人，就会在故事之后加点浅显的暗示了，这样就使听这些信息的人不至于太难堪了。

有的人喜欢说很多事情，但很多时候却词不达意，让别人摸不着头脑，因此，无论他说出多少事情，别人都是无动于衷的，最后只能碌碌无为。

一针见血的话语经常会让别人感觉错愕，但却说出了事情的真相，让人们明白过往事情隐藏的秘密。就像一个人用虚假的姓名到处游历，但突然有人在背后叫出自己的真名那样令人惊恐，这使得他不得不向后看一看究竟。

狡猾术是多不胜数的，如果要一一列出，估计一辈子也说不完，而且这些现象无时无刻都存在于人们的生活当中，只要细心一点就能发现。

智者行事稳妥踏实，但愚者却爱故弄玄虚。

——所罗门

因此，即使是一些能够清晰预测因果关系的人，也不代表其能顺利把事情完成。因为完成事情的关键是稳妥踏实，而不是弄虚作假，弄虚作假只会让别人一事无成并且臭名远播。有些人看起来很有智慧，好像做什么事情能力都很非凡，于是让那些产生错觉的人对他们委以重任。但很多时候得出来的结果都很出人意料，不但没有顺利完成任务，还让这些任务变得一塌糊涂，一发不可收拾，最后才让人们看清他们的真面目，但一切已经太迟了。就像一间阳光充足的房子，但住进里面才知道它是一座危楼，这时怨天尤人又有什么用处呢？

Chapter 23

谈自谋

自谋是指自己谋划着某些事情，而自谋能力比较突出的动物是蚂蚁，正确来说自力更生未尝不可，可是如果建立在别人的利益基础上，那么就有点道德低下了，就像蚂蚁到了果园或花园时它的身份就会由昆虫变成了害虫。

学会爱自己是当今社会经常被推崇的东西，但如果爱自己的方式建立在公众利益基础上的话，那么这种行为就是极不可取的，尤其对于那些国家和民众而言，是十分有害的，是要遭受打击的。就像行星们都是围绕恒星按固定的轨道运行的，这种行为对整个宇宙的正常运转都有密切的联系，如果其他星体想要独立门户，依靠自己的力量运转，相信这不但伤害了宇宙的规律，对于其自身也是百害而无一利的。

当然，自谋的方式对于一个国家的君王来说或许是给予支持的，因为任何君王他表面上只是一个人，事实上他却是背负着整个国家的命运，他的一举一动都严重影响国家的安危、民众们生活的稳定等等。但如果自谋发生在某一国家公民身上或一位重要的大臣身上的话，这是百害而无一利的，因为他把自己的个人利益看得比什么都重要，而且严重影响其他人的利益，拥有私心的人永远都很难得到公众的谅解。因为无论现在进行的事情多么具有意义，他们都会为了迎合自己的私心不断把这些事情扭曲，最后脱离了客观实际，严重时还会影响国家的正常运转。因此，明智的君主从来都不会把这种人摆放在自己身边，因为他们知道这些人都只会危害自己的国家和自己的民众，做出的伤害很多时候都是难以恢复的。

把个人利益建立在损害集体利益的基础上，这种方法是极不可取的，更有甚者，他们把个人的小利建立在损害集体的大利益上，那么这种情况就更让人气愤。事实上，这种现象经常发生在朝中的大臣或大臣们的部下身上，是非常普遍的现象。他们经常罔顾法纪，从来不把集体放在自己的意识之中，只要能够得到自己想要的小利，那么其他的一切都不重要，甚至置国家之安危于不顾，一意孤行，自私自利。

对于这种法律难容的自谋，他们的成功都是暂时的，假以时日所有的真相都会暴露于人前，这就会使得他们名誉尽失。当然他们能够成功不是靠一个人的力量能够做到的，这与他们取得君王的信任有关。每个人都很虚荣，喜欢别人奉迎自己，因此这些小人就会抓着这一点揣摩君王的心思，取悦他们，获得某些重大事件的控制权，让他们自谋的计划得以成功。这种人就是能为自己创造这样的运气，让自谋的计划得以实施，并取得自己心中所想的东西。

喜欢为个人利益自谋的人随处可见，他们就像偷吃了禁果的小老鼠一样，只要达到目的就会转身就跑，不留痕迹。甚至有时还要自高自大，对于那些势力比他们小的人视而不见，甚至设计陷害。但世间有因果轮回，决不允许那些自私的小人一而再、再而三地作威作福，他们从来都是不得民心的，只要时机成熟，正义就会把他们绳之于法，或遭受世事无常的报应。

一个自私的人从来都是不受任何人欢迎的，如果自谋的人不能认识到这一点，那么他们就会自吃苦果，失去抓住幸福的翅膀。

Chapter 24

谈创新

世间的事物都是不完美的，都有其值得改善的地方。创新的东西也是一样，他们就像初生的婴儿，需要人们的爱护，并经历一些苦楚，最后长大成人，成为一个成熟的成年人。这就像建立王朝的君王，他们方方面面的能力都比其他继承人要优秀，这也是后来者十分难以学习的。

就像人性一样，“恶”经常会随着时间的增长不断发展壮大，但“善”却正好相反。又如针对某个病理研发出来的新药方一样，刚开始对于人们应该是十分有效的，但时间一长人体产生抗体，其就会失去药用的价值。任何事物都有其存在的理由，但每个事物都有属于他们的强盛时代，一旦时过境迁，那么无论这个事情多么具有价值都变得毫无意义了。

时间是创新的最好见证者。一个事物如果经得起时间的考验，那么他们就可以得以延续，就像人们对于那些约定俗成的东西往往都很容易接受，毕竟他已经经受了时间的考验才得以延续下来的，但如果创新的东西与这些约定俗成的东西相违背，那么即使时间不参与，人们的意志也会将其否定，对于大部分人来说，他们追求的是生活安定，如果发现一些影响自己生活稳定的因素的话就会产生抗拒心理，并设法消除这些因素，让自己的生活恢复平静。创新的事物就像刚加入到这个民族的异族人一样，都会让人产生蔑视、不屑一顾的消极心态。

当然，如果有一点常识的人就会发现人们的抗拒不过是一时三刻的事情，任何事物都不是一成不变的，它们总是在时间中慢慢改变，慢慢转变成新的方式，只是这些变化是非常小的，导致人们根本没有发现。对于新时代的人们，当他们看到那些古老的法规时也会觉得难以接受和可笑。随着人们思想的进步，很多旧的东西都会被改良，转变为新的东西。因此，时间是创新的实施者，它从来都不会急于求成，而是循序渐进。它深刻知道如果大刀阔斧地进行创新必定会引起那些利益相关者的反对，这就会阻碍创新计划的进行，甚至有可能在这些人的打压下消失。

无论何时，如果不是立即要看到创新的成效，或没有任何因素要求一定要创新的话，那么创新者最好不要过于张扬，否则只会为自己带来祸患。尤其是那些国家的新政，这必定会影响某些政要们的利益，他们就会采用各种各样的力量反对事件的进行。

所以，聪明的创新者从来都是悄悄地进行改革，并且不惊动任何人，谨小慎微地把这些创新的东西融入人们的生活之中。经过一段时间，这些创新的东西就会融入人们的生活，让人们享受创新带来的好处。当我们确定某些事情是可行并有益于人类社会时，我们就应大胆地前行，但大胆并不是要求我们草率行事，一定要小心谨慎，这样才有可能不遭到拒绝。

Chapter 25

谈迅捷

做任何事情都切忌太急躁，否则只会让自己受到损失或伤害。就像我们进食一样，切忌过急或过慢，必须控制好速度，否则会影响胃部的胃酸，最后影响身体各个机能的运转，引起各种疾病。

为此，判断一个人做事是否迅捷，不应该用他在同等的时间里完成了多少事情来判断，而应该用这个时间他把事情做得怎么样来判断，即做事情迅捷与否应该用事情完成的质量来判断。所以，当你听到别人说自己一小时能完成多少件事情，或者说这个人能在多时间跑多少公里都不要主观地认为他很迅捷，应该从他完成事情的质量，以及跑步时是否姿态正确、步幅准确等因素客观进行判断，才能看清这个人的能力以及事情的真相。

另外，我们商议计划的时候切忌心浮气躁，这只会让自己忽略其中一些重要的影响因素。俗话说的“三思而后行”就是这个意思，因此，无论做什么事情或决定做什么事情都静下心来想一下有什么因素自己忽略了，再三确定没有再进行下去，这将有利于我们提高效率。否则，如果我们一意孤行，不从实际出发，那么就会导致事情不断地返工，不断地重复修正，这样用到的时间将以几何级上升，那么这样的行为相信是没有任何效率可言的。

时间就是金钱，因此无论做什么事情都要把握事件完成的时间。就像曾经有人很推崇西班牙人和斯巴达人的做事方式，因为他们无论干什么事情都是十分缓慢的。当然并不是说所有事情放慢一拍就可以，而是必须严格要求自己按时按质地完成任务，只有这样才能让计划顺利地进行。

另外，当我们要部下向我们汇报任务的完成进度或项目计划时，不要在其报告的过程中做出任何动作进行阻断，否则他们的话语就像历史重演一样不断地重复。因为一个人的记忆力是非常有限的，当你打断他们的时候，思维就会产生中断，最后又要重新组织起来，这无疑是浪费时间，因此如果你确实有要说的事情时，那么在他们报告前或报告后再说比较好，这才能节省更多的时间，让双方都有多余的时间能处理其他事务。当然，对于一些重要的事情最好重复提及，这样才能加深对方的印象，让他们从重点出发，更有效率地完成事情。

人们在讨论事情的时候都喜欢进行铺叙，但很多时候这是一种浪费时间的行为，对于普通的事件直入主题会比较容易让别人接受，而且也不至于浪费太多的时间。但如果这个事情遭到很多人的反对和排斥，那么铺叙就是很有必要做的一个事情，因为只有安抚了众人的情绪，才能心平气和地对待这个事情，让他们做出正确的判断。

任何事情都要经过准备、讨论、决策这三个阶段，只有这样人们才能从客观实际出发。准备是建立在客观事实的基础上的，但一个人的能力有限，其搜集到的资料不一定都是符合实际的，这就要求我们集思广益，进行讨论，最后综合各人的意见，做出正确的决定。这是最省时高效的方式，也使我们能够明确事件完成的目标，一切与目标不相关的事情都予以排除，让实施者一心一意地向着目标进发，从而在最短的时间里最高效地完成事情。这才是迅捷的表现，也是迅捷的特点。

Chapter 26

谈小智慧

在生活中，有些人总是带着面具生活，他们从来都不以真面目示人，就像有人说法国人其实并没有在人前表现的那么愚蠢，西班牙人骨子里是充满智慧的。事实是否如此我们无从考究，但客观上来说，这些话语不一定是错误的。

徒有虔诚之表，却违背了虔诚的本义。

——圣保罗

在人类社会中，的确存在这种现象，我们看到一个长得文质彬彬的人，但事实上并非如此，有的甚至可以用“衣冠禽兽”来形容。有的人说他们懂得掩饰，并把自己装扮成那样，最后误导了人们的视线，对其作出错误的判断。也有的人说，他们不过拥有假装的手段，并且用这种手段掩饰了自己的暴行。这种现象对于那些有智慧的人来说是很可笑的，因为在他们看来，这些现象适合作为研究的对象，但具体的结论是难以得出的，必须具体问题具体分析。

就像有的人喜欢生活在暗处，对于很多事情都很清晰，但他们都喜欢在人前装作什么都不知道，装颠扮傻。也有的人对于某些事情不是很理解，但却在人前故弄玄虚，欲言又止，让人们参摸不透，感觉他在卖关子，从而产生好奇心。有的人喜欢利用神情和动作误导别人，让别人难以揣摩事情的真相，就像皮索回答西塞罗的话语时，表现得漫不经心，而且眉毛极不对称，西塞罗根本摸不透其心思，从而陷入苦思之中。也有的人喜欢舞文弄墨，却又词不达意，主观地评论脱离实际的事物，还自以为是地认为自己有别人没有的高涨热情，沾沾自喜。有的人对于那些超出自己能力范围的事情都会产生轻蔑的心态，好像自己对这些事情不屑一顾一样，但其实不知道多么重视，只是不在人前表露出来，以免别人知道自己愚钝无知。还有的人总是与人们的意见相违背，不断地煽动人们支持他们的观点，否定其他人正确的见解，让事件不能得以顺利进行，就像盖利亚斯说的那样："这种人就像手持匕首，谁不赞同自己谁就要受到伤害。"这种人与柏拉图《智术之师》提及的普罗太戈斯一样，他喜欢演说，但演说的内容都是人们与他的分歧，从来都不曾支持过别人的观点。这种人经常与别人背道而驰，更有甚者会否定一切与自己不相同的观点，导致有些人听受其唆使而跟随其持有否定态度，使那些有意义的事情不能顺利进行，并严重影响事情的发展。或许他们是害怕事情能够顺利通过，然后影响其利益，或导致他们需要寻找新的方向吧，但无论如何，这种人都是极其讨厌的，都是祸根。

总的来说，即使是那些家道衰落的人从来都不会采用这些虚假的小智慧来维护自己的利益，他们的正直之心也不允许他们这样做，因此，绝不能任用这种具有小智慧的人，因为他们是自私的，只会从自己的角度出发，从来都不知道那些小名小利是不会持久的。任用这种荒唐的人是没有一点好处的，甚至可能会让自己蒙受不必要的损失。作为智者，得不偿失的事情是从来都不会去做的。

Chapter 27

谈友情

“孤独的喜欢者不是怪兽就是神明。”事实上，喜欢孤独的人的确有一种兽性，其产生的原因我们不是很清楚，但总是十分孤僻和乖张，让人难以揣测。然而，孤独是神明之说，我认为有点不合理，因为从他们身上我从来没感到过任何灵性。

喜欢孤独的人有两种情况：其一是因为他们对这个社会产生憎恨的心理，因此对这个社会存在的事物都感到排斥和抗拒；其二是因为他们想要退出社会，追求一种自己想要的精神生活，就像人们说的那样：人到无求品自高。用这样的话语来形容这种人是十分合理的。追求这种生活的人有很多，如克瑞蒂人埃辟曼尼底斯、西西里人安辟道克利斯、罗马人努马以及蒂安那人阿波郎尼亚斯等。

孤独是什么，什么才算得上是孤独？这些都是人们在思考的问题。在没有爱的地方，人与人之间的距离是非常遥远的，即使近在咫尺，但心灵之间却远在天涯。这使得人们感觉人与人之间的相处是毫无意义的，甚至没有一点激情可言。就像在一些地方，人们不是过着群居的生活，他们各自谋生，各自活动，没有任何联系，即使有一天在某个地方遇见，他们都不认识对方，感觉就像在荒野中生活的人们。相反，有的地方很小，但居民很多，人与人之间的相处非常和谐，感情深厚。由此可见，所谓的友情，必须是在一个充满仁爱的地方才能产生的，如果这个地方没有一点儿人情味，那么就像生活在荒野之中，当中的孤独感只有当事人才知道。这种人就像前文提及的野兽一样，在天性中根本不存在友情，他们不过是充满野性的人类。

友情能使我们宣泄心中的怨气，因为无论何时，当我们与友人在一起的时候都会感觉心情开朗，心中的压力也会悄无声色地逃跑，让我们驱散忧郁的情感。一个人性情忧郁对于其身体的健康是有极大危害的，所有医学上的用药都抵不上认识到一个知心的朋友，他们是我们保持身体各项机能正常运转的良药，而且这种良药是金钱换不来的，是需要人们用心经营才能拥有的，否则一切都不过是空谈。

在历史上，有很多君王都非常重视友谊，他们深知友情能带给他们的好处。这或许显得有点奇怪，毕竟他们是高高在上的一国之君，能够与他们成为朋友是多少人的荣幸，一般来说这种事情不应该发生在他们身上才对，但事实的确如此。君王们要获得交心的友情，就需要其纡尊降贵，或者把某些人提升到能与自己相提并论的高度，但这样做的话显得有点危险，而且有可能威胁到自己的地位。因提升成为君主朋友的人，经常被人们称为重臣或宠臣，就好像他们有这样的地位以及获得君主这位朋友是因为君王的赏赐或恩宠才得到的一样。在我看来这有点言过其实，在罗马有一个词语能把这种关系形容得很贴切，就是“分担人”。事实上，纵观古今无论是懦弱的君主还是有智有谋的君主，他们都很喜欢与朝中的大臣成为朋友，在公他们是上下属的关系，在私他们是朋友的关系，互相尊重，互相交谈，把酒言欢，这些比较正常的普通朋友活动都时常在他们身上发生。

罗马的独裁者苏拉是庞培的贵人，因为其与庞培的关系很好，因此被提拔到一人之下、万人之上的位置，但这也助长了庞培专横跋扈的性格，甚至到后来根本没有把苏拉放在眼里，有谋权的迹象。这从一次他们相互举荐一个人进行比赛，胜利方能当上执政官的位置这个事情也能看得出来。经过一轮激烈的斗争，庞培举荐的人获得了胜利，这使得庞培得意忘形，甚至大声跟苏拉说出了一句大逆不道的话语：“人总有落日归山的时候。”

又像在恺撒王朝，有一个人十分得宠，他甚至是恺撒王朝的候选继承人之一，名叫西玛斯·布鲁塔斯。恺撒非常信任西玛斯，对西玛斯举荐的很多事情都言听计从。有一次，恺撒的妻子做了一个非常不吉利的梦，为此恺撒萌生了解散参议会的念头，这使得西玛斯有些紧张，马上走到恺撒面前劝奉，希望暂时不要解散参议会，等其妻子做上好梦再开始好了。恺撒立即采用其意见。军事指军官安东尼曾在一封信件中表示西玛斯好像给恺撒下了迷药一样，让恺撒像木偶一样任其唆摆。由此可见西玛斯在恺撒心中的地位是十分重要的。

奥古斯塔斯十分重用地位低微的阿葛瑞帕，并且使其在朝中的地位越来越高，甚至对自己产生威胁，以致奥古斯塔斯向麦西那斯询问有关自己女儿玖利亚的婚事时，麦西那斯回答说："你只能把玖利亚嫁给阿葛瑞帕，如果不这样做就把其杀害吧，否则你的王位也是很难保住的。"

又像提比乌斯与西亚努斯的友谊一样，他们的关系十分亲密，这也让提比乌斯对西亚努斯没有一点戒备之心，将朝中的很多秘密都对其全盘托出，最后把整个参议院变成了他们友谊的祭物。

又像君王塞凡鲁斯和普劳提亚努斯的友谊一样，塞凡鲁斯竟然强迫自己的亲子娶普劳提亚努斯的女儿，并且对普劳提亚努斯虐待皇子的事情视而不见，甚至在参议院中明确表明自己支持普劳提亚努斯。

对于以上说到的君王，他们对待友情的态度让我叹为观止，想想他们都是年富力强、有勇有谋的君王，在臣民面前也拥有权威，但很不幸，他们过于重视所谓的友情，对友情的关系可以说是盲目的，甚至有点达到"登峰造极"的程度。为此，我感到很悲哀。友情，在有的时候的确是治愈伤口的良药，但一旦服用过量就变成了毒药，而且这种毒药在很多时候都是没有解药的。就像以上说到的君王一样，他们经常被那些所谓的朋友不尊重、威胁、操纵等等。

经常把心事埋藏于心底是否又是我们保护自己的一种较好的方式呢？相信有智慧的人都知道答案是否定的，在历史上有很多君王都把那些威胁自己，甚至自己认为不能让别人知道的秘密都埋藏于心底，但很多时候这些做法都不能更好地保护自己，反而让自己郁郁而终，比如查理公爵、路易十一等等。

不要吃了你的心。

——毕达哥拉斯

或许人们会对这句格言感到有点难以理解，而事实上，喜欢隐藏自己秘密、享受孤独的人很多时候都会让秘密和孤独蚕食了自己，最后让自己万念俱灰。

说起来友情的确有其难以触摸的地方，但如果我们能把心中困扰自己的问题向友人诉说或分享，就会使自己拥有两种比较好的效果：其一是心情放松，增加愉悦之感；其二是压力减少，甚至得到释放。事实上也的确如此，拥有友谊的人都十分清楚友情所带来的好处，因此，他们很喜欢交友，在苦闷的时候和朋友外出散心，或向朋友诉说，那么悲愁就会被驱赶出去，如果遇到快乐的事情与朋友分享，就会得到事半功倍的效果，让原来高兴的事情更值得高兴。

因此，友情就像一颗被施了法术的权杖，当我们能够拥有它，就等于拥有神的庇佑，忧愁的时候挥一挥权杖，那么忧愁就会从心中消失；又像干燥的地面无法给予植物水分一样，只要挥一挥权杖就会有甘露从天降，最后植物在雨水的滋润中茁壮成长。

拥有友谊能让自己变得更理智。在生活中，我们总是遇到各种各样压抑自己心情的事情，这与自己的道德观、世界观、价值观等有关。但如果我们一味把心中的苦闷尽收心底的话，那么整个人就会陷入忧郁的状态之中，能驱散忧郁的方法很简单，就是与人交谈，这就需要我们拥有友谊。

一个人的力量往往是非常细小的，聪明的人都知道集思广益的道理，即使自己陷入苦闷之中，他们都知道解除苦闷的密码。通常一个人感觉苦闷的时候，自己的心思都是杂乱无章，没有任何理据可循，并且无论怎么苦思冥想都只会让自己越来越混乱，甚至十分忧郁。这时如果能够找到朋友，并且能把心中的苦水尽情地吐露，那么它们就会像洪水般喷涌而出，直至自己恢复正常的流转速度。俗话说得好，与其自己苦思一小时，不如诉说一分钟来的痛快。因此，当发现事情依靠自己的能力不能顺利解决的时候，就要学会寻找能帮助自己的人，而朋友通常在这些情况下都会义无反顾地伸出援手，用最短的时间把事情顺利解决。

另外，对于那些喜欢诤言的朋友我们要学会珍惜，往往他们是为我们付出真心的人，而且这种人通常都是我们的老师，他能让我们的思想境界得以提高。

心灵的学习高于一切学习，这句话一点也不假，一个人如果不能了解自己，弄清困扰自己的事情，并且通过各种交谈让自己取得进步，获得心灵上的洗礼，那么他就显得有点太悲哀了。人生不如意事十有八九，但我们总不能每天都愁眉苦脸吧。为了让自己能在人生的考验中取得胜利，我们一定要不断学习，不断努力，让自己的智慧在考验中得以提升，成为生活的强者。而交谈也是获取知识的一个重要方式，我们必须学会与人交谈，并从中学习有用的知识。

正所谓，忠言逆耳但利于行。因此，对于那些能够对我们进行劝谏的朋友我们要倍加珍惜。人无完人，做出来的事情也不可能十全十美，既然是这样，我们就必须懂得征询别人的意见或与人合作。

当我们不能单凭自己的能力对事情做出正确的判断的时候，绝不能一意孤行，自以为是地进行，这只会让自己被自负蒙蔽了双眼，做出错误的判断。对于一些小事情或许对人生的影响不是很大，但对于一些比较重要的判断是我们绝不能掉以轻心的，否则其带来的后果将会后患无穷。

然而，有智慧的朋友将是我们的良师益友，他们总是真心地为我们着想，并站在我们的角度思考问题，为我们提供有益的帮助。对于这种友情，我们一定要善于经营，因为他们对我们一生的影响是十分巨大的，很多时候就像神明一样，把我们从迷惘和摇摆不定中救出来，让我们脱离苦海，勇往直前，完成自己的目标。

我们绝大多数人都是普通人，没有非凡的能力，不能像神灵一样拥有法术，预知未来，况且事物都有因果轮回，佛说：种下什么因就有什么果。为此，当我们不能依靠自己的力量选择种子的时候，不妨看看身边的人对自己的劝谏，其中很多都是真心实意的。但所有的选择都必须是建立在客观的基础上，毕竟我们认识的人之中他们性格各异，而且不排除在这帮人之中有忌妒我们的人存在。他们为了自己的利益，或许会把一些真理刻意扭曲，我们必须要培养自己具有辨别是非的能力，只有这样才能做到心如明镜。当然，这种人很少，除非你是一个到处树敌的人，如果不是这样，能阻碍你正常发展的人是少之又少的。

真正的朋友，从来都是喜欢把自己的事情变成他们的事情，当你有困难的时候，他们总是主动地伸出援手，让你感受温暖。但谨记一点，这个世上除了自己没有任何人应该对自己负有责任，我们必须要学会感恩，不能认为别人对自己的帮助是理所当然的。这个世上理所当然的东西实在太少，人生的主角永远都是自己，是别人无法替代的。在世间有各种各样的人和事，每天都上演着不同的故事，如果我们要获得进步，不妨把别人的故事看成自己的故事，从中吸取教训，这会比亲身经历学习得更多。

经验从来都不是唾手可得的，但别人的经验却是能够从最短时间获得的，当我们决定从事某项活动的时候，不妨听取一下那些已经经历过这些事情的朋友的经验和教训，让自己从中总结，为自己缩短完成事情的时间，以最快的速度获得成果。

朋友的力量不容忽视，他们是我们的老师，是我们的明灯，是我们的洗涤剂，是我们的伴侣。为此，必须用正确的态度对待朋友，分担朋友的开心、忧愁、苦闷等，他们也会用相应的姿态回应你，这是人生一项重要的投资。这项投资的回报率非常巨大，是金钱不能估量的。

就像当你难以一个人举起某个烦恼的果实时，朋友往往能助你一臂之力，两个人的力量怎么也要比一个人的力量大，如果这个人的朋友很多，那么力量巨大的程度就更不用说了，可以用轻而易举来形容。

为避免有“王婆卖瓜自卖自夸”之嫌，很多赞美自己的话语最好不要从自己的嘴中吐出来，这样的话就需要第三方的帮忙，还有比朋友更了解你的人吗？

如果我们不幸离世，有很多任务都不能亲自完成，你认为谁会帮助你完成任务呢？估计也只有朋友了。经常看到一些人因为英年早逝，留下年幼的孩子，最后孩子的生计无一不是落在亲友身上，而能够义不容辞的人有多少，还不是自己的朋友吗？

我们都是人，人过着群居的生活，这就离不开人与人之间的交往，这众多的交往关系中，相信只有朋友才能让我们畅所欲言，一尽心中情，并且毫不计较得失，把酒言欢，忧你所忧，喜你所喜。

那么什么人能够称得上是朋友呢？在生活中，与我们关系密切的人都是家庭成员或发小，或同学，或同事。但如果我们把同事、同学、配偶、子女的关系用这些词语来形容，这难免会产生隔阂。就像我们与孩子进行沟通的时候，如果只管摆着作为父母的姿态，你认为孩子能够与你正常沟通吗？最好的办法是用朋友的方式与其沟通，然后站在孩子的角度想问题，那么相信所有困扰双方的事情都能迎刃而解。

对于夫妻之间的问题，我们也可用同样的方式处理，毕竟人们的结合都是因为有共同之处才能顺利结合的，如果性格一直不合，这对于双方来说都是一种折磨。然而，如果能够像朋友一样沟通，就会把自己真正的想法尽情诉说，让自己知道对方的想法，毕竟很多时候我们对外是一体的，但对内我们都是具有自己特点的个体，总不能强迫别人为了迎合自己而大发脾气吧。正如朋友一样，他们都是由不同的个体组成，之所以能够长期交往，不过是相互尊重对方，埋解对方，站在对方立场想问题得出的结果。

由此可见，朋友其实存在于生活的各个方面，他们与我们的距离都是十分近的，如果处理不当，就会让双方的距离越来越远，最后疏离，那么就会严重影响我们的日常生活。为此，我们必须保持理智，正确对待各种关系，最好发展为友情，那么我们就能摆脱孤独感，并让自己的生活充满希望，使自己的人生变得五彩缤纷，充满幸福和快乐。

Chapter 28

谈消费

获得财富后应该要怎么分配呢？这是人们经常思考的问题，在我看来，最好是用在以下两个方面，行善或获得荣誉。这两种都是人类精神上的需求，是人类价值实现的有效方式。

如果把财富奉献国家，这是十分值得提倡的，而且是一种非常有意义的举动，即使倾囊而出也不为过。当然，这需要根据自己的能力来进行，切忌为了一时的虚荣而做出错误的举动。正常来说，支出不能大于收入，否则就会造成压力。另外，要注意防盗，尤其是那些离自己最近的人，如劳仆。还要学会利用剩余的财富进行投资，力求以最小的支出获得最大的回报。

由此可见，一个人要让自己远离贫困的话，一定要做好收支的计划，如果想要收支平衡的话，支出最好控制在收入的一半以下，如果想要成为富人，那么支出只能控制在收入的 1/3 或以下，这会增加成功的概率。

对于富有的人来说，要学会自己管理财产，不能对自己的财产视而不见，这只会让自己蒙受损失。亲自管理财富不是一件可耻的事情，相反，它能让你看清财富管理中存在的问题，及时采取补救措施，尽量减少财富的损失，让自己减少因财富带来的问题。

当然，如果你本身已经有很多事情要做，那么找人代管财富成为一件理所当然的事情，但切记一定要经常更换人手，因为人性都存在这样的特点：刚开始的时候会保持谨慎，毕竟这些不是自己的财富，但时间一长，他们就会产生贪念，想通过各种方式把财富据为己有。另外，还要不定期地清点自己的财富，做到心中有数。

支出也存在一种平衡的关系，因为很多时候支出的总额是固定不变的，如果你购买某个商品超出了预算，那么就要减少其他方面的支出以作平衡。这样才能杜绝自己因为不懂珍惜金钱带来的坏处而陷入困境。

另外，当你负债的时候，也要懂得分配，一定要让自己在有所保留的情况下再偿还债务，因为今日不知明日事，如果你把钱都用来偿债，那么当遇到其他需要用钱来解决的事情时又会重演，形成习惯，最后或许一生都要举债生活，这未免有点太难堪。聪明的人从来都不会一次性强制自己还清债务的，他们会一点一点来，这有助于自己形成节俭的习惯，对自己将来积累财富也是非常有效的。

由此可知，如果要获得财富，那么就不能忽视细节，就像人们经常所说：与其到处搜刮小利小义，倒不如节省小开小支来的痛快。另外，如果要开始一项新的开支时一定要细心考虑，毕竟有些事情一旦开始了就会像细水长流，川流不息。

Chapter 29

谈国家的真正实力

雅典人塞密斯陶克立斯曾在一次宴会上被要求弹奏琵琶，他很坦诚地告诉人们他不会弹奏琵琶，但却能让一个小城市变为一个伟大的国家。如果不了解塞密斯陶克立斯的人一定会感觉他是一个自命不凡、大言不惭的人。但纵观历史，此话一点也不假，很少有人能够掌握善用各种技能，通常都是在某一个方面比较突出。就像那些政治家和执政官，他们很擅长面对政治问题，对于国家的大小事务都能出色地完成，富国民强对于他们来说简直是小事一桩。但如果让他们抚琴，那么相信是强人所难，因为对于他们来说这是一个非常陌生的领域，自己不曾接触也没有想过接触。

另一方面，对于一个擅长弹奏的人来说，如果要求他们为治理国家出谋划策，那么就相当于为他们增添烦恼，因为他们对这个领域一窍不通，怎么跨出第一步都是一件非常困难的事情，更不要说让他们把一个小国发展为一个大国。

更有甚者，即使让他们从管理一个强国开始，相信不用多久，他们就把这个富盛的国家变得衰落不堪，让人不敢直视。

当然，在君王身边的很多宠臣其实在政治方面是没有一点过人之处的，仅仅是因为他们善于“弹奏”，让君王感到愉悦、轻松。这样看来他们不过是拥有赢得君主欢心的能力，至于其他方面，还是不要去考究为好。但如果我们足够细心，也能发现强国的君王身边有能够取悦他的人，也有能为他们治理国家出谋划策，甚至劳苦功高的一帮贤臣，正因为他们的存在，才使一个国家能够长治久安，经受一个又一个重大的考验，跨越挑战。

一个国家要繁荣昌盛离不开人的努力，但一个国家要增强实力，拥有实力不是单靠人的努力就可以的，到底怎样才能增强一个国家的实力呢？这是我们需要思考的问题。这个问题经常困扰历代的君王，他们都希望国家在自己的统治之下能够国富民强，如果一个国君能够时常记挂着国家的话，那么他们就会对自命不凡有所克制，保持谦虚，并且万事都以国家为先，摒弃那些劳民伤财的私欲，另外，面对困难的时候能够果敢面对，做出英勇的决定等。

一个国家的面积可以测量，一个国家的人口可以统计，一个国家的城市可以在地图中一目了然，一个国家的历史可以翻阅史册，但一个国家的综合国力是很难估算的。即使会有一些参考的标准，但这些标准只能测算一个大概的数字，却不能很好地反应这个国家的实力。就像在宗教中，把国家形容为一粒种子，非常微小。但如果能够找到合适的土地，获得有助于其成长的养分，并且还受到好的照料，让其日益强壮，最后成长为参天大树，不惧怕任何风雨雷电。因此，即使一个国家刚开始的时候疆土面积小，人口出生率低下，又或者因为历史原因已经千疮百孔，但如果能像种植种子一样对其认真照料，精心栽培，那么这个国家也能重拾威风，成为让人闻风丧胆、实力强大的国家，繁荣昌盛永远都属于那些能够勇往直前、不屈不挠的国家。

一只狼永远都不会在乎有多少只羊。

——维吉尔

一个国家的实力不能单纯从马壮车强、疆土辽阔、城墙稳固、兵器杀伤力强大等方面去衡量，还要考虑这个国家的民众是否具有强健的体魄，好战的精神等等。如果一个民族不具备好战的精神，民众身体残弱，即使拥有全世界最先进的武装又有什么用，他们不过是披着狼皮的羊，没有一点杀伤力、震慑感。亚历山大的军队曾与波斯的军队在阿比拉平原上战斗，当时的波斯军队可以说是来势汹汹，十分迅猛，这样的势头使得亚历山大的部下闻风丧胆，然后建议亚历山大大帝先退避，然后晚上再趁其不备杀入对方军营。但亚历山大果断否决了这个建议，因为在他看来没有比勇敢地直视困境更重要的，最后取得了胜利。又像阿米尼亚王蒂格拉奈斯带着40万的军队迎接来自罗马的14000多的军队。对于这样的阵势，相信很多人都以为一定会是阿米尼亚王蒂格拉奈斯取得胜利，但出人意料的是罗马军人把这40万巨狮打的遍体鳞伤，而且没有任何停止的势头，最终让这支军队全军覆没。这样的例子可以说是多不胜数，而骁勇善战的例子也很多。

一个国家的实力，很多时候都是通过战争来衡量的，如果一个国家是一个善战的民族，那么他必定是一个实力强大的国家。国家的实力从来不曾用金钱作为衡量的标准，即使金钱也相当重要，甚至是战争最强劲的武器，拥有金钱的国家就等于拥有了强劲的盔甲，刀枪不入。但盔甲保护的只是身体重要的部位，一旦敌人能够成功突围，那么完全能够让你放下这些看似是护身符的东西，最后还是要一命呜呼。就像索伦曾对国王克瑞萨斯说的那样："如果敌人带来的武器比这个武器坚固和有杀伤力，那么这些能够让国家强盛的黄金就只能落到敌人的手中了。"

因此，任何国家的君王如果想要证明自己国家的实力一定要组建一支实力强劲、骁勇善战的军队，否则任何其他因素都不能证明这个国家的实力。另外，当自己拥有一支军队后，还要清楚自己军队成员的素质，如果他们都是老弱残兵，那么实力就该另当别论了。有人说，如果自己的国民不能满足战争的需要，那么可以用钱买回战士，这也能得到显示实力的效果。但纵观历史，很多拥有雇拥军的国家都是不能长治久安、繁荣昌盛的，因为没有人愿意为了别人的荣辱赴汤蹈火，即使也能听到告捷的消息，但更多时候都避免不了被扼杀的命运。

如果一个国家的民众被沉重的税负压得透不过气来，那么这个国家的民众很难起到鼓舞国家士气的作用。一个民族想要富强，提高实力，单靠征税是不可能达成愿望的。况且税负越高人们的士气越低，想要得到骁勇善战的军队就成为不可能的事情了。正常来说，一个国家想要征税最好征询民众的意见，如果能建立在他们同意的基础上就更好了，这就能避免民众士气锐减的现象发生，荷兰就是一个很好的学习榜样。另外，英国实施的免税措施也是拉拢人心的好手段，这使得这个国家非常团结，人心所向。很多人或许会认为税负的多寡与人心应该是不能相提并论的。表面看来，他们的确没有多少联系，但如果民众经常遭受严苛的税制压迫的话，他们就会感到精神十分压抑，当国家在召唤时，他们就会觉得国家只会要求民众付出，但从来都不会有什么惠民的措施，这就会影响民众的士气，甚至导致人心的背离。国家就会陷入支离破碎的境地，整体实力就会被严重削弱。

一个睿智的君王想要励精图治，他们都会十分重视控制统治阶级及贵族膨胀的速度，因为他们数目的多寡，直接影响这个国家民众的生活，甚至有可能导致他们成为奴隶。成为奴隶的人的意志都是十分消沉的，那么国家的实力也因此而偏低。就像我们种植果树一样，如果想要大丰收，一定要注意果树种植的数量及距离，否则无论土地多么肥沃，也会因为果树过多或过少影响收成，浪费资源或导致资源不能满足。因此，当一个社会的贵族人数较多，那么沦为奴仆的人也会更多，对于国家其他方面的发展做出贡献的人相对也会变得更少，直接影响国民收入。因此，我们经常能看到在一些看似十分富庶的国家，真正打起仗来的时候他们的装备十分简陋，战士士气低迷，最后在战场上不堪一击，落荒而逃。就像英国和法国这两个国家就是一个比较鲜明的例子。他们是邻国，但由于土地政策不同，导致他们的国力相差甚远。英王亨利七世十分英明，他下令把土地分给民众，并且划分了地域界线，让他们在这个土地范围能够自给自足，不至于成为奴隶。当国家在召唤的时候，每个国民都是以最饱满的精神去履行自己的义务，因此军人在这个国家随处可见。法国就截然相反，尽管它的国民很多，但农奴占据了很大的一部分，他们军队的战士意志都十分消沉，甚至可以说是不堪一击。因此，法国在历史上从来都不是英国的对手。

兵精粮足，物阜民丰。

——维吉尔

还有一种让民众骁勇善战的现象存在于社会中。就是那些为贵族们服务的民众，如果他们都拥有自由之身，而且也获得相应的报酬的话，那么他们在战场上的气概是不容忽视的，而且十分果敢，来势汹汹，杀敌人于措手不及。但如果这些民众被贵族们迫害，没有一点人身自由和报酬，那么这个国家的士气就会十分低下。

尼布甲尼撒曾经梦到一种帝王之术能让自己的国家变得枝繁叶茂，民富国强，繁荣昌盛。这种帝王之术就是要合理控制一个国家异族人的数量和比例。纵观历史，一个能够容纳异族人的民族从来都是一个强大的民族。有的人对这个观点产生了怀疑的态度，因为在他们看来如果一个国家的君民都十分睿智和团结一致，那么他们国家的实力也是能够让人期待的。对于这样的观点我不予否认，但这样的国家想要长治久安相信是非常困难的，就像斯巴达人对异族人非常排斥，因此入籍的制度十分严格。当他们固守自己的国土，国家地位当然也相当稳固。但当他们想要扩大疆土或伸展其他枝叶到别处的话，无疾而终的结果就会经常在他们身上发生，最后只能枯死。

相对于斯巴达人的严谨，罗马人却截然相反，他们的入籍制度十分宽松，基本你愿意加入他们就愿意接收。这或许正是罗马成为世界上最强大帝国的原因。入籍罗马的异族人基本都享有与本土居民同等的特权，他们可以在这个国土进行贸易、耕种、婚嫁等，还能在这个国家参选国家官员的考试或提升，并且与其他官员享有同等的地位。另外，即使你没有加入他们的国籍，他们也欢迎你的到来，并且在某些方面享有和本土居民具有的同等权利。或许正因为这两种政策，使得罗马想要扩张自己的势力，或把自己的枝叶伸展到其他国度，并长得更茂盛的时候，那么他们就会如有神助般顺利，繁荣富强。由此可见，能够容纳异族人的国家在实力上几乎是无可匹敌的，他们喜欢向外移民和殖民，这使得他们的国民在整个世界各个国家都随处可见，这无形也是一种强固根基的有效方法。

还有一个值得一提的国家——西班牙，其实力也是不可估量的。但它像斯巴达一样，不怎么能够接受异族人的入籍，而且相对于罗马和斯巴达，它要强大很多倍，之所以有这样的结果是因为他们在行兵打仗的时候从来都不会计较自己军中的士兵是来自什么国度的人，只要能够为了保护西班牙的国土而战，为西班牙民族而战，那么他们就会团结一致奋勇抗敌。除此之外，很多时候他们的统帅也是异族人，但这对战果的影响都是微乎其微的。

好战的民族都喜欢终日无所事事，但又具有冒险精神。因此像那些喜欢精耕细作或喜欢制造手工艺的民族从来都不是好战的民族，他们的本性大多都十分勤奋而且细心勤劳。他们的这些本性与好战民族是截然相反的。所以，如果一个民族想要自己的民众保持奋勇杀敌的势头，那么就不能对他们施加过多的限制。有些民族在这个方面做得很好，他们采用蓄奴的制度，所有需要精耕细作的事情都由他们去完成。后来因为宗教的原因废除了蓄奴制度，他们就让异族人担任这些工作，特别是那些繁重细致的工作，如工匠、木匠、铁匠、泥匠等等。这样，自己国家的民众就可以从事类似于武士的工作了。

一个国家想要增强实力单纯从控制人们的本性开始是不够的，一定要进行相应的思想教育，如全国上下都要明白学习民富国强的重要性，学习军事知识的重要性，并让更多人的参加到军事教育中来，让他们知道一个国家展示实力是与国民的素质（包括身体素质和精神素质）是分不开的，学习军事知识和技能是每个民众责无旁贷的事情。

以上说的都是一些军事方面的准备工作，如果没有目标和相应的行动，那么只有准备是没有任何意义的，就像罗缪刺斯死后留给罗马人的一句重要遗言就是必须重视战斗。罗马人正因为做到这一点而成为世界上最伟大的国家之一。斯巴达这个国家重视军事的程度一点也不亚于罗马，可以通俗地说其国家机构和机关是为军事而建的。曾有一段时间波斯人和马其顿人全国上下的身份都是军人。与此具有相同情形的还有高尔人、戈斯人、日耳曼人等等。而土耳其人更甚，他们把这种现象延续至今，即使他们现在的综合国力相对较弱。在欧洲除了西班牙人外，其他国家都没有这样的现象。但不得不说的一点是，成功永远都是留给有准备的人的，因此如果说一个从来都不崇尚武力的国家能在战争中取得胜利这是不可能的，只要有点常识的人都不会相信。相反，那些一直崇尚武力的国家，在历史上都留有丰功伟绩，像罗马人和土耳其人就是那样。虽然他们现在的实力有所下降，但因为崇尚武力已经成为当地人的一种重要信仰，为此，他们从不曾被其他国家乘虚而入，始终保持统一。

另外，我们如果要进行一场战争，那么必须要有符合道德的法律依据，否则人们是不会参与到战争来的。因为人性之中总是存在一种叫作公义的东西，一旦违背了公义就等于违背了良心，对于违背良心的事情很多时候都是失民心的。就像土耳其的国君为了扩张疆土而利用宗教信仰为借口进行举事，这是很多国家常用的理由。又像罗马人很喜欢扩张疆土，但他们从来都不会用“扩张疆土”这种借口进行举事，总是利用其他容易被民众接受的“正义”作为借口。为此，任何民族都对那些挑衅的行为非常敏感，相信没有人愿意因为别人的贪婪让自己的家园被入侵，这就像碰到逆贼一样，谁都会愤怒，谁都想驱赶，不管这个逆贼是异族人还是同族人，只要理由不正当，都会使那些被侵害利益的民众团结起来，绝不纵容这些不仁义的行为。

另外，那些好战的民族往往还是一支仁义之师，他们从来都不会允许他国攻打自己的同盟国，只要威胁到同盟国的利益，他们就会举着正义的旗号出兵进行援助。罗马人就是这样的一个民族，它和很多国家缔结了联盟，并且很多时候都签订了盟约，为此，一旦他国入侵其中一个盟国，他们就会出师帮助，而罗马通常是最先采取措施的国家。

还有一些举着其他旗号进行战争的国家，就像罗马人曾为了自由而战，斯巴达人和雅典人为了希腊是施行寡头政治还是民主政治而战，以及其他一些为了国家的政治主权或国家的繁荣昌盛而战的一些理由，这些理由有正义和非正义之分。无论怎样，那些举着非正义旗号而战的国家，想要显示实力的话，都是会无疾而终的。

人们想要保持身体健康，一定要参加适度的体能锻炼。对于一个国家的军队，如果他们要保持正常运转，那么运动也是其中的一个重要因素。任何没有准备的战役都是失败的，为此，一个军队要保持正常的运转一定要坚持锻炼，时刻为战争做准备，只有这样，我们的军队才能保持活力，随机应变。有些国家会发生内战，这是自我伤害的一种方式，很多时候都会让自己元气大伤。而对外打仗得到的效果则截然相反，它就像我们为了保持健康而做的运动一样，及时排汗，及时排走身体的有害物质等。所以，为了保持实力，为了民众的幸福，为了国家的正常运转，我们必须要经常进行军事演练，这样才能让国家保持充足的活力，迎接来自敌方的任何挑战，这是取胜的关键。就像西班牙一样，他们长期分派精兵常驻欧洲各国，这也是他们保持实力的一种重要方式。

正常来说，一个国家想要成为帝国，那么必须拥有海上的霸权。就像庞培与恺撒的战争一样，刚开始庞培掌控了整个海面的战局，但因为急于求成，竟从海上追捕恺撒的军队到大陆，由于恺撒早有部署，让其措手不及，最后庞培只能宣告失败。如果他能坚持水战，相信疲于奔命的人就会变成恺撒了。对于这场战役西塞罗曾如是说：“掌握海上霸权的人，就是操纵一切的人。”

海上的战争在很多国家都有上演，例如决定罗马帝国归属的埃克兴之战，土耳其人因为勒盘陶之战而被制止蛮横的行动，等等。当然，这与君主们认为掌握了海上霸权就占据了战争的优势有关，甚至认为掌握海上霸权的国家就享有自由，并且能够在战争中随心所欲。因此，海上的霸权是欧洲各个国家竞逐的“香饽饽”，只要条件允许，他们都想据为己有。这或许与他们都不是内陆国家，而且当一个国家拥有了海上的控制权就等于拥有了来自东西印度的财富这两个原因有关。况且，他们若想组建一个强大的内陆国家是一件非常困难的事情，这些都让他们不得不对海上的霸权虎视眈眈。

古代战争的胜利很多时候是荣耀的象征，当军人们为国牺牲了，战友就会为其立下纪念碑。对于那些功绩显要的军人，他们会授予花环或其他形式的奖励。虽然这些东西都没有什么价值，但意义非常巨大而深远。相对于古代，现在奖赏的方式有很多种，很多都与物质有关，当然也有与精神有关的东西，如奖章、勋章等。但他们颁发的标准杂乱无章，可以说没有任何理据可循。这显得过于轻率，直接影响人们的士气。

如果说到凯旋的仪式，相信没有任何仪式比罗马人的有意义，他们把在战争中取得的战利品全数上缴国库，为国家增添财政收入，此外，他们还让那些具有突出贡献的军官接受君主的嘉奖，嘉奖的仪式允许他们的后代前来参加，共享荣誉。如果是因为将领们的智谋使得战争赢取胜利的话，君主们就会对他们进行嘉奖并颁发荣誉勋章，等等。

一个国家想要增强实力，那么最好是做到我以上提及的内容。没有人能够依靠自己的力量成功，一个人的力量始终是有限的。但如果这个人拥有足够的智谋，他就能利用别人的力量达到自己的目的，就像君王如果能够知人善用，励精图治，民主管理国家的话，那么人心的归顺是迟早的事情，国家的繁荣富强也是必将发生的事情。但纵观历史，很多君王都忽视了这些事情，导致国家能否长治久安成为一个依靠运气的事。

Chapter 30

谈养生

在生活中，我们总要面临选择，尤其要考虑哪些东西对自己有帮助，哪些东西对自己有害。这就需要我们拥有判断的智慧，这种智慧不是随手可得的，它是我们需要付出努力的。

就像我们平时吃的食物那样，每种食物都有其对人体有益的物质，但同时也存在一些对人体有害的物质，我们必须根据自己的身体状况进行选择，这样才能让自己避免长期食用某种食物产生不良的后果，这也要求我们必须把握其中的度。

或许有些年轻人会认为这是一种杞人忧天的做法，因为在他看来即使长期食用一种食物也不见得有任何反应。我只能说你现在还年轻，新陈代谢比较旺盛，因此能把那些有害的物质排出体外，让自己保持表面上的健康。其实无论一个人的代谢多么旺盛，如果有害的物质超出其能够负荷的能力，那么毒素就会在身体机能中停留，假以时日，就会严重超出其能够负荷的范围，功能失常，最后影响你的身体健康。因此，无论何时都一定要有自制力，尤其是在饮食方面，如果一定要有所变化，也不能一蹴而就，只能循序渐进，这样我们才能更好地适应变化，才能让身体的技能保持正常的运转。

另外，反思一下自己在生活各个方面是否存在恶习，这些恶习对自己的影响大不大，如果有影响，就一定要严格要求自己改掉这些坏习惯，这样我们才能更好地调适自己的生活，让自己的身体保持健康的运转。

不过，要判断什么习惯是良好的卫生习惯，什么习惯是健康的生活习惯，什么习惯是适合自己身体的习惯是没有任何标准的，这也是常常困扰着人们的问题。

人们要保持健康，在物质方面一定要注意保持食物的营养均衡和合理安排作息，这将对身体健康十分有利。如果要保持精神健康，那么就要学会控制自己的情绪，如不易愤怒，凡事抱有平常心，不善妒、不比较等等。另外，还要保持乐观的情绪，但也不能过分乐观，否则乐极生悲。对于自己感兴趣的事情不要过分沉浸其中，要适度进行；好奇心是促使我们保持动力的方法；多阅读具有哲理的文学，或者阅读历史，观察自然等，这些都有利于我们保持稳定的情绪。

当你生病的时候不要过分依赖药物，因为任何药物一旦成为服用习惯就会产生抗体，对疾病的医治可以说是毫无作用可言。我们可以先利用食疗。食疗产生的作用虽然与药物对比没有明显的效果，但只要我们有足够的耐性，假以时日我们还是能够顺利复原的。况且食疗不会产生任何副作用，没有任何毒素，主要以调理为主。况且食疗就像给身体各个部位洗了一个热水澡一样，帮助人们驱散了疲惫，让很多身体机能得以正常运转，是百利而无一害的。

当我们健康的时候要注意运动，当我们生病的时候要注意调节。因此无论何时都不能忽视对健康的管理，只有那些能对健康进行悉心照料的人才能获得长寿，保持活力、健康。

赛尔撒斯既是一位智者又是一位医生，他说过一个有效保持健康的方式，就是对于那些能够保持健康的东西要学会轮流交替使用，这样才能满足机体对各种营养的需求，才能让人们永葆青春，永葆健康。如果能够这样做，我们就能让自己的身体状况保持在最原始的状态，毕竟人们始终相信，神赐予我们的身体本来就是非常健康的。

我们看医生的时候，总是面临各种选择，因为有的医生只从自己看到的表面现象下药，从来不清楚病理的实质；有的医生却十分古板，只要判断到是感冒就会从一而终地使用同一个药方，从来没有根据病人的实际情况进行判断。因此，在看医生的时候如果能够遇到那些既能根据病人情况下药，还能够熟知自己身体状况的医生是最好的。

Chapter 31

谈猜疑

拥有猜疑之心的人永远都是世间的孤独者，就像蝙蝠，总是独自在黑暗中飞行，平日躲在阴深的地方让人触摸不透。为此，我们必须学会摒弃猜疑之心，否则只会使我们远离人群，疏离亲属，甚至让事情不能顺利进行，正常运转。

为君者切忌具有猜疑之心，这会使自己变得凶残，为人丈夫者也切忌具有猜疑之心，这只会让自己产生嫉妒的心理，有智慧的人也会因为猜疑之心变得犹豫不定，左右为难。

猜疑属于一种病态，即使是英勇不凡的人也会患上此病，就像英王亨利七世一样，他的猜疑心很强，但同时也十分果敢，或许正因为这种性格，使其能对事情做出正确的认知，最后做出正确的判断。这就好比一些人因为对某些事件抱有怀疑的态度，于是好奇心促使他们探究事件的真相，然后做出对自己有利的决定。但对于那些懦弱的人来说，猜疑的心是百害而无一利的，因为猜疑就是对某件事情产生怀疑，但因其懦弱，这种猜忌心态就会变得更严重，并深深困扰他们的心绪，不能自拔，这是一件非常痛苦的事情。

明智的人从来都不会猜度别人对某些事件的态度如何，而且即使萌生了这样的念头，他们都会否定自己的想法，用理智的思维去分析问题，从中了解真相，让自己脱离猜疑的束缚。与此同时，他们也不会排除各种可能性，对事情进行戒备，以免自己遭受损失而后悔莫及。

所以，人们必须了解个中的道理，才能让自己摆脱猜疑的情绪。还有一种能比较容易消除猜疑心的做法，就是与猜疑的对象进行沟通，然后了解自己想要知道的方方面面，让困扰自己的事情从自己的身边驱赶出去，恢复正常的处事心态。另外，假设自己猜疑的东西是正确的话，这也会使这个对象更加谨慎，不随意做出伤害你的事情。但往往有一些人十分奸诈，即使明明知道别人知道自己有所图谋，但他们仍然肆无忌惮地做着伤害别人的事情，或者用其他一些东西掩盖自己的暴行，制造永不休止的骗局，蒙蔽对方的眼睛。对于这种人我们一定要多加防范，这样才能更好地保护自己。

Chapter 32

谈言辞

在生活中，总是有些人比较喜欢谈天说地，他们不在乎自己话语的真实性，只要对方认为自己善于交谈，而且机敏善变就足够了。这种人有点虚荣，甚至可以说有点不负责任，因为他们只关注自己的感受，却忽略了事件的真实性，对别人造成伤害。

有的人很喜欢说话，但从来都不会理会自己说的事情是否具有吸引力，只要能让自己有表现的机会，说出自己想说的话，那么无论自己谈说的事情多么无稽，多么词不达意，他们也不会在乎，但这种人往往是别人嘲弄的对象。

当然，最好的言辞应该是那种能够转移人们的注意力，让人们的目光都停留在你的身上。另外，能言善辩的人通常都能把不同的话题接驳得非常好，不断地让人们受到听觉的冲击，吸引他们的注意力。这样的人非常擅长利用言辞说理，甚至很喜欢表达自己的见解，同时也喜欢尊重别人，能够准确判断别人的心思，然后注意言辞的运用，不至于让人们产生抗拒的心理，并乐于接受。

对于一些比较敏感的话题，言辞的使用要更为注意，尤其幽默的言语并不是所有场合都适用的，如那些政治、宗教方面的话题，还有就是事情十分紧急或严肃的情况。道理是很容易理解，但有些人总是喜欢表达自己的主张，如有些人认为一定要用犀利的话语戳穿别人的痛楚，才能让这个人保持清醒，并显示自己在言辞上的能力。对于有这种情况的人，一定要学会严格要求自己，每个人都有自己的伤口，言辞的不恰当无疑是向别人的伤口撒盐，对于这种不道德的行为，一定要严格摒弃。说句老实话，你说了这些话语难道不惧怕有一天别人向你报复吗？你又何必为了一时的口舌之快为自己埋下恐惧的种子。

有一种人他们非常聪明，善于向别人发问，而且比较懂得向别人提问一些他们擅长的话题，这样既能获得与别人的谈资，也能学习到这个领域的知识，充实自己的头脑，这比自己看书学习要节省时间得多。

与人交谈的时候还要注意问题的深浅，不能过于繁琐，否则或许会使别人哑口无言。另外，还要注意当比较多的人一起谈论事物的时候，不要只让那个喜欢说话的人表达自己的意见，这只会使别人失去参与的兴趣，最好的做法是转移这个人的注意力，然后让其他人也能参与其中，活跃谈话的气氛，这对话题的讨论是非常有好处的。

对于一些你知道的事情要根据场合进行回答，不要经常矢口否认，这只会让别人感觉你十分虚假，这也会使别人不想与你分享你不知道的事。因此，适当的场合说适当的话，既是对自己的尊重也是对别人的尊重，不能妄自菲薄。

在与人交往中，关于自己的言辞要尽可能少，尤其是那些吹捧自己的话语要更加少说。因为谁也不喜欢自吹自擂的人。但如果你能称赞别人的时候带上自己，那么就另当别论了。容易伤害别人的话语我们也要尽量少说，这是一种极其不礼貌的行为。像我认识的两个贵族：一个很喜欢讥讽他人，但其所办的宴席却十分体面；而另一个贵族很喜欢问那些参加宴席回来的人在宴席期间发生了什么有趣的事情，但很多时候得到的回答是失望，因为原本看到这么丰盛的宴席心情是十分高兴的，但在席间经常要听到那位贵族对别人的讥讽，甚至包括自己，那么就会食欲全无。

因此，我们一定要注意自己的言辞，并且还要懂得察言观色，因为对于大多数人来说，都有自己的自尊心，不喜欢别人对自己品头论足。我们要学会使用一些让他人容易接受的方法，只有这样，我们才能正确表达自己的意思，并让别人容易接受。另外，在演说的时候不要一味独占话锋，要学会让别人参与进来，那么整个活动才会显得有意义。

与人交谈的言辞一定要适当，学会具体情况具体分析，不能一意孤行，否则只会让交谈的话题无法进行下去，甚至影响谈话的效果。

Chapter 33

谈殖民地

对于“殖民地”这个名词，相信很多人都不会陌生，毕竟它历史深远，由来已久。在很久以前，我们并没有划分国家区域，都是神的子民，每个人的地位都十分平等，但时间一长，由于人的天性使然，很多民族都根据自己的能力划分了势力范围，最后成了国家。对于殖民地，我认为最好回到最初，这样我们就能重新出发，而且改造的成本也会更低，很可惜这样的愿望通常都是难以实现的，当我们要在殖民地耕植新事物时，必定要耗费一定资源去废除旧事物。

如果要在殖民地建立一个新的国家，我们一定要做好赔本的准备，而且时间长达 1/5 个世纪，绝不能急于求成，这只会让自己蒙受的损失更多。很多殖民统治者都没有深刻认识到这个道理，他们认为成果才是最重要的，要在最短的时间内完成最多的目标。由于这样的高压存在，人们在对其进行改造的时候就会罔顾成本，竭尽全力，不理会任何事物的发展规律，最后导致此地过度开发，千疮百孔，民不聊生，降低其本来能够带来的价值。

另外，移民民众也应要有所限制，不但体现在人数方面，还体现在个人素质方面。试问如果一个殖民地的新移民都是那些终日无所事事，喜欢寻欢作乐、好吃懒做的人，那么统治者还希望这个地方能为自己创造奇迹吗？相信答案也很清晰。为此，我们一定要考虑那些新移民的素质，最好吸引那些来自社会方方面面的人才，让他们在此地落地生根，创造一片繁荣昌盛的景象。这些人有医生、律师、面包师、工匠、鞋匠、铁匠等等。

一个地方能够作为殖民地还要对其进行其他方面考察，如到处考察一下这里有没有天然的粮食，如麦子、米谷、水果、栗子、松果、蜂蜜、蔬菜等等。另外还要思考一下这个地方是否适宜种植那些周期很短的蔬果，这样才能满足自给自足的需求，保证在这里生活的人安居乐业，不用忍受饥饿的折磨等等。衣食住行是人们最基础的需求，我们一定要根据这些因素对殖民地进行考察，这样才能创造适合人类居住的环境，才能让殖民地呈现生机盎然的景象。

自己动手丰衣足食，这个道理谁都明白，但初到殖民地所有事情都是要从零出发的，为保障自己的生活，我们必须准备充足的粮食，并且携带那些方面的、易于保存的粮食比较好，如小麦、饼干、面粉、米谷等等。另外，殖民地的物种有限，我们要携带一些适宜在那里养殖的小动物，如山鸡、山羊、火鸡、鸭子、牛等等，这样才能更好地保持人类的生活质素，让他们不在物质方面抱怨。

当人的基础需求满足后，我们就要尝试发展其他方面了，如经济。每个地方都有其贸易，只有发展贸易才能让人们的生活更加富足。每个地方都有专属于它的丰富资源，我们一定要有发现的眼光，这样才能运用这些资源为这个地方创造价值，然后让这个地方得以发展，并被世人所认知。如铁矿资源丰富，我们可以在有河水的地方建起铁矿，然后在适合的地方炼铁，那么就能让这种资源成为当地经济的主力军；又如这个地方比较靠近海边，那么我们可以筑建盐田，并且将其卖给其他地区的民众，以换取财富；又如这个地方的森林资源丰富，到处都是树木，那么我们也可贩卖木材；在松柏多的地方，其松脂和柏油的资源一定丰富，这些资源的需求量也十分巨大，那么也必将成为殖民地的主要产业；还有发掘那些珍贵的药材，这些在医学上往往是供小于求，因此根本不怕没有市场；还有如果这个地方土地肥沃，能够种植多种蔬果，那么发展农业也是有利可图的等等。发展经济固然是好事，但切记不能过度开发，否则后患无穷。做任何事情都一定要把握其度，这样才能使财富长做长有。

经济的发展是民生发展的重大问题，但执政管理问题也是一个地区非常重要的事情。初到殖民地，很多东西都会是杂乱无章的，这时就需要推举一个执政人，这个人必须是那种非常正直、关心民众，并且头脑聪明、能独立行事的人。只有这样的人才能心系民众，并站在民众的角度想问题，并把集体利益看得比什么都重要，从来都不会被一己私欲蒙蔽自己的双眼，做出利欲熏心的事情。

作为一个殖民地的统治者如果单凭自己的能力对这个辖区进行管辖这是一件非常困难，并且可以说是不可能的事情。为此，聪明的统治者都清晰与人合作的力量，就像一国之君一样，是需要参谋官、辅助官、统帅、将领等能人的帮忙，这样才能使国家繁荣昌盛，长治久安。当然，这种人的数量一定要控制好，不能过多或过少，否则带来的后果都是非常糟糕的。

另外，在殖民地发展的初期，一定要保持民主，而且不能欺压当地的民众，同时也要有惠民的举措等，这样人们才会在这个地方安居乐业。保持人口的稳定性，这对于殖民地的发展是非常有益的。殖民地是一个资源和地域都非常有限的地方，对于人口的控制也是非常重要的，当这个地方的民众消费水平严重超过殖民地的产出和收入，那么这个地域的压力是非常巨大的。为使殖民地长治久安，那么就要适度控制人口，避免人满为患又或者严重缺乏劳动力，这对殖民地的发展都是非常不利的。

对于那些处在海边的殖民地，我们一定要小心进行管理，尤其是那些关系到居民住房的问题，一定要加以重视。从长远来说，房屋最好建在比较高耸的地方，这才有利于住房的稳固，不受海水的侵蚀。另外，还要注意储备食盐，因为食盐常常是食物的保鲜剂，它能避免食物因为季节或环境的影响腐烂的问题，也能让人们储备足够的粮食满足日常所需，保证他们最基础的物质需求。

如果你身处的殖民地环境比较恶劣，或者当地的居民喜欢欺负弱小或采用比较残忍的手段对待新移民的话，那么你一定要学会讨好他们。当然这种讨好并不是要你帮助他们干违反道德的事情，而是采用一些合法的手段帮助他们干一些事情，让他们感到你的真诚，像帮助他们驱赶外敌就是一种很好的方式，既维护了他们的利益，也让他们对你有所感恩。

如果条件允许，最好邀请殖民地当地的居民到自己的国家游历，让他们感受这个国家的文化氛围，让他们对殖民地的发展满怀憧憬，并为之努力奋斗，这对于殖民者和被殖民者都是相当有好处的举动。除此之外，还要注意本国居民在殖民地的繁衍，这将有利于殖民者更好地发展，并保持种族的延伸。

Chapter 34

谈财富

我认为财富不过是一个美丽的包袱，用食之无味弃之可惜来形容一点也不为过。财富对于一个军队来说既是美德又是累赘。之所以这样说，是因为财富能为军队增添装备，增添武器，但在真要逃命的时候带上它，就会像带上重量十分巨大的石头一样，严重影响前进的速度，甚至让人疲惫不堪。但财富有时也是行军打仗的动力，因为它是人们都喜欢追求的东西，就像俗语：“人为财死。”

财富固然很多，但前来瓜分的人也很多。

——所罗门

正如所罗门所说，财富多也不一定是一件好事，因为当财富积累到一定的时候，总是要施予大众的，因此，很多财富对于人们来说都不过是幻想。当财富变得很多的时候，或许其主人会得意忘形，但这些都是暂时的，因为在不久的将来，他们就会销声匿迹，感觉就像做了一场梦一样。

财富除了增加人们的虚荣之心外，还有其他的好处吗？相信答案是显而易见的。因此，倒不如把这些财富与别人分享，这或许还能得到一番赞誉。另外，人们还喜欢一些稀世珍宝，这些珍宝的价值远远超出很多人的承受范围，这样看来财富还是有一点点的用处，至少能为我们换来稀世的珍宝。

在富人的想象中，财富有如一座坚固的城池。

——所罗门

这句话看似把财富的作用形容的非常贴切，但细心分析一下，其实有很多东西是财富换不来的，就像爱，爱是无价的。

我们可以追逐财富，可以喜欢财富，也可以把财富据为己有。但所有这些举动的前提是合法。这就要求我们不能采用不道德的行为来获取财富，这样得来的财富只会让别人加以诟病，并且被赋予不正义、不道德的称号。相信每个人都有自己的自尊，不喜欢别人伤害、诋毁自己，为此，我们必须用正确的行径获得财富，这样我们才能光明正大，名正言顺地使用金钱，或用金钱去做一些有意义的事情。

想要一夜暴富的人必定不清白。

——所罗门

他为了做善事而追求财富，而且永远都保持动力，甚至切夜不眠。

——西塞罗

这是西塞罗对于拉比锐亚斯·波斯丢玛斯追逐财富时说的话。因此，我们追求财富时一定要用正当的手段，又或者要有正当的目的。

有一个寓言故事是这样的：当财神爷普卢塔斯受到天神丘比特的派遣时，动作是十分缓慢的，但当受到阎罗王的派遣时，动作却是十分迅速的。这正好体现了财富得来的速度。当我们用正当的手段去获得财富时，财富就像被施了法术一样，来得非常慢，甚至有可能一辈子都没有到达目的地。但当我们采用不正当的手段去取得财富时，财富来得很快，如果涉及生命的话，那么就更快。这同样说明了，财富的获得是要付出代价的，当代价越大，得到的就会越多。为此，我们想要获得财富一定要思考清楚自己可以损失什么，不能因为财富被死亡之神阎罗王召去，否则，你想回头恐怕是十分困难的，即使用你耗尽一生赚取的财富也难以获得重生，这些道理十分浅显，但能够明白的人却不多。

土地是神赐予我们的天然财富，但如果不懂要领，随意进行开发，获得的财富通常都是非常有限的，或许只够满足基本的生活，就像那些农民。但有一些人却很聪明，知道土地除了能够种植蔬果外，还有丰富的矿土资源，并且善于发掘这些资源换取财富。这种获得财富的手段是非常快速的，当财富积累到一定的程度，他们就会购买土地，然后发展农牧矿等事业，事业的规模越大，他们获得的财富就越多。就像我认识的一个英国贵族一样，在其名下有很多产业，如林木、铅矿、煤矿、渔业、牧业等等。因此，土地之于这个贵族就像生产金币、银币的机器，永不停歇，源远流长，让其成为国家的首富。

当然，只要有常识的人都知道，小鸡长成母鸡是需要时间的，金钱的积累也是需要时间的，如果我们能够积累一定的财富，然后就能像母鸡成熟了能够下蛋一样，最后“繁衍”了数百上千的财富，让自己享受金钱运动带来的好处。如果还懂得与人合作，扩大自己的力量，那么财富增长的速度将是几何级地上升的。

用正当渠道得到的财富是受人尊重的，但在这个社会中，总有一些人打着不正当的旗号去获取财富，如当闹饥荒的时候，有些商人就会向其他地方用低价购买粮食，然后高价在闹饥荒的地方卖出，以谋取暴利。也有的不法商人喜欢利用地下贸易为自己牟取暴利，他们从来都不知道法纪，也不明白为什么国家要制定这些阻碍他们发展的条文，只要能够获得财富，就会铤而走险，不顾一切。这些人被金钱蒙蔽了双眼，冲昏了头脑，甚至忘记最基本的仁义。另外，当一个人拥有一定数量的财富后，他们就会用借贷的形式向别人放贷，并且利息高昂，超出了道德。这种获取财富的方法是非常快速的，但却是没有人性的，会使那些背债者终日劳累，精神萎靡，甚至把这些债务留给了自己的后代。这样的财富就像魔鬼，侵蚀了人们的思想，让人们为获得财富不断在黑暗中前行，分不清作为人应该知道的方向。

如果一个人具有创造力，能为别人不能为之事时，那么这个人创造财富的能力是很强的。这个社会有很多的机遇，但不是每个人都有发现机遇的眼睛，为此，当一个人具有创新的能力，而且又拥有洞悉先机的眼光的话，在所有矛头都没有冒出来的时候采取行动，就会占尽先机，获得巨大的财富。

如果单纯想依靠固定的收入来致富这几乎是不可能的，因为收入有限，支出无限，我们的收入永远都不能和支出平衡，这就会严重影响我们的日常生活以及财富的积累。因此，当我们发现一些具有风险性的投资时，既要保持谨慎的态度，也要尝试鼓起勇气放手一搏，只有这样我们才有可能增加财富，让自己不因为财富而烦恼，也不因财富而急躁。因此我们经常看到某些人在进行某项风险活动的时候，也不会放弃自己的固定收入，这样的人是比较聪明和谨慎的，因为他们知道风险和稳定并存的生活态度才是最明智、最有保障的。

另外，我们也可参与一些独家代理的商业活动，如果能够参与到这些活动中来，我们就等于拥有了产出财富的机器，源源不断地拥有财富。我们如果能够预测某种商品未来的需求量巨大时，这时也可大胆囤货，这有利于我们赚取财富。

因服务取得的财富是十分低廉的，那些通过阿谀得到的财富虽然很多，但手段太过低劣经常会让人嗤之以鼻。但更低劣的财富获得是通过非法的手段窃取别人的财富或继承别人的遗产，对于这些行为人们是十分讨厌以及唾弃的。

在生活中，我们经常听到某人说自己不喜欢财富，往往说这种话的人才是最拜金的，一旦他们获得财富，就会忘记自己曾经说过的话，并且变得目中无人，自视甚高。对于一些必须使用的小钱，我们要大方放弃，只有这样财富才会从你身边飞走，但回来的时候必定会带上礼物，这个礼物通常是飞走财富的几倍，甚至几十倍。还有一些人很喜欢把自己的财富传承给后代，对于这种行为我不是很赞同，因为每个人都有其人生，我们只需为自己的人生负责，没必要把这些亲密的人的人生都负责，这只会使自己的压力不断增大。况且，如果你留下的财富比较多，而后代的年龄不大或思想不算成熟的话，就很容易被身边那些窥视你财富的人利用，最后成为这些奸狡之人的囊中物，得不偿失。对别人的帮助也要控制在恰当的范围内，不要因为一时的虚荣过度地捐献自己的财富，否则只会让你遇上新的问题。

Chapter 35

谈预言

然而伊尼埃斯一族将统治各处的海岸，他的子与孙，以及他儿子的子孙。

——荷马

这是荷马对罗马国运走向的一个预言，而塞奈客也曾经写过类似的预言，这个预言是关于美洲发展方向的预言：

将来终有一天，海洋将解开天然的束缚，有一片大陆将呈现出来，蒂夫思将发现新的世界，土勒将不再为地极之国。

本文我们将要探讨一下预言，但这种预言是没有任何宗教色彩的，也不是人们平时所相信的巫术等预言，而仅仅是那种似乎有理据支持的预言，但有时也感觉十分奇怪，让人触摸不透的预言。

就像玻利克拉特斯要遭受钉板之刑，并被暴晒在炽热的阳光之下，受尽皮肤撕裂之苦。目击这一切的女儿想起自己昨晚曾梦见丘比特为自己的父亲进行洗礼，阿波罗用温暖的双手为其抚平伤口。原来一切在冥冥之中自有主宰，只是我们不能领会神的旨意罢了。又像马其顿国王腓力普梦见自己妻子的肚子被封起来，他觉得这是一个暗示，或许就是想对他说他的妻子不能怀孕。后来征询了预言者阿利斯坦德的意见，阿利斯坦德认为这是一个有喜讯的征兆，因为正常来说从来没有人会把一个空的罐子封起来的。又像布鲁塔斯曾隔帐看到一个影子，这个影子还说出了一句让人匪夷所思的话语："我们会再次见面的。"提比乌斯曾预言加尔巴会成立一个帝国；在维斯帕显时代有人曾预言将会出现一个统治全世界的君王，有人说这是指即将降临的耶稣，也有人猜测是维斯帕显。道密先被暗杀前夜梦见自己长出一个金灿灿的头颅，果然在其死后继承者把这个国家治理得繁荣昌盛，堪称是"黄金时代"。亨利六世在亨利七世十分幼小的时候也预言亨利七世是帝位的继承者。曾经有这样一个传闻，就是法国的王妃拿着自己丈夫的生辰到一个能用巫术预言的人那里去算命，虽然只提供了一个假名字，但这个预言者预测到其丈夫在与人比赛的时候会突然暴毙。皇妃听后觉得十分可笑，不信这样的预言，但不久国王在射击比赛中突然暴毙，因为蒙高魔利不经意地把利箭射到国王的头脑中。

我的童年时代是英国王室势力最鼎盛的时代，在伊丽莎白女王的励精图治下，国家进入一个黄金时代，国富民安，繁荣昌盛。但后来曾经有个人做出这样一个预言，就是当英国王室在历经五个王朝，这个国家就会改朝换代。但很庆幸这个预言并不准确，仅仅是国家的名字由英格兰改为大不列颠，其他一切都没有改变，包括英国皇室。

还有一个预言是关于克里昂的。他曾梦见自己被一条巨龙吞噬，于是有人根据其梦境说了一些缺乏理据的话，现在想来也有点可笑，毕竟这样的话十分无稽，甚至是无知。他们说把克里昂吞噬的巨龙就是那个平常做小生意，曾经与克里昂发生过嘴角的人。像这样的预言在生活中是随处可见的，因此我们不必太较真，也不要让其阻碍自己的情绪，毕竟生活还要继续。预言是没有发生的事情，如果我们过分庸人自扰，那只会使自己陷入不利的境地，终日惶恐不安，阻碍很多正确事情的进行，这造成的损失是不可估量的。

另外，有些有心机的人很喜欢利用人性的这种弱点，到处散播没有理据的言语，甚至有时严重损害国家的利益，对于这样的行为国家也曾出台过相关的条文，明令禁止，甚至把其加入法律的条文，以保护公众的利益。但无论采用怎么样的措施，有时也很难遏制这种人的行径，也很难抑制燃烧开来的火焰，原因有三：其一是人们被预言蒙蔽了双眼，不能理智地分析预言是否具有理据，就像他们做了不好的梦时，总以为是现实的写照一样，处于杞人忧天之中。其二是由于人的天性使然，他们都拥有好奇心，并且想要知道自己将来会遭遇什么事情然后做好准备迎接，这样也不至于手足无措。就像塞奈客的预言一样是无知的表现，世界其实很大，有很多地方人类都没有涉足其中，如果一意孤行地认为只有海洋没有其他陆地，那么就显得过于主观了。另外柏拉图的两部作品竟然还支持了这样的预言，分别是《蒂迈亚斯》和《亚特兰蒂斯》。其三是他们认识不到这些所谓的预言，都是那些奸狡之人说出来危害社会的。

Chapter 36

谈野心

有野心的人从来都不缺乏前进的动力，因为他们的野心通常都会转化为目标，然后就像明灯一样鼓励着自己奋勇向前，直至抵达目标。但如果野心被抑制，他们就会像泄气的皮球，没有一点弹力和生机，另外还有可能因自己的不得志而迁怒于别人，伤害别人。为此，拥有野心的人一旦发现自己有能力爬向更高的地方就会精神饱满，生机勃勃，然后一心一意朝着高处前进，看不到周围的事物。但如果他们在爬往高处的时候受到阻扰，那么他们就会怒气冲冲，心怀怨恨，必要时还会采取报复的行动，以宣泄自己的不满。

因此，作为君主在任用具有野心的人时一定要小心翼翼，不能助长他们的不正之风，否则只会为自己和别人带来祸患。如果条件允许，还是最好不要任用这种人，因为他们犹如雄狮，一旦发起攻击，是很难躲避的，甚至严重威胁到君主的地位。用专横跋扈来形容他们的本性一点也不为过。

但有几种情况任用有野心的人是有好处的，我们必须学会具体问题具体分析，不能全盘否定这个人性的弱点，事物都有两面性，我们认识到其有害的一面也要发现其有益的一面，这样才能做到物尽其用。当我们遭遇战争的时候，如果只剩下那些只有野心的将领时，我们就必须分清主次，不能因为这个人有野心而罔顾国家安危于不顾，这是一件十分危险的事情。有智慧的君王都明白知人善任这个道理，况且当一个智者的功大于过时，人们就会忘记其过，只记着他的好。又如当君王遭遇危难或被人嫉妒时，如果身边安插一个有野心的人，就能成功转移别人的注意力，因为他们就像雄鹰一样喜欢在高处搜寻食物，对于其他事物是漠不关心的，这就会成为君王的屏障，让人们只看到其不当的行为，而忽略了对君主的注意。另外，有野心的人也能帮助君主打击那些处于高位的重臣的势力，就像提比乌斯曾利用马克罗与西亚努斯抗衡一样。

既然有野心的人在某些危急的情况不可不用，那么我们就必须研究用什么方法才能控制他们，让他们的威胁变到最低，减少危险性。相对而言，出身低微的野心之人比出身权贵的人的危害性低；性格凶残的人的危险性比那些仁慈的人的危害性低；刚就高位的人比长期处于高位的人的危害性低；另外，通常一国之君都有自己的宠臣，这些宠臣往往是野心之人的最好对手，也能分散野心之人对君主的注意力。竞争在朝野之中是经常存在的，当宠臣们受到君王的赏赐，就会像被肯定了在朝野中的地位一样，让那些野心之人不敢随意打击。

俗话说“以武制武”，这也是对抗野心之人的最好方式之一。但用这种方法的时候必须确定朝中具有一些威望甚高的中立之臣，这样才能平衡双方的关系，才不至于在两败俱伤的时候导致朝中事务无人处理的情况。还可以培养几个身份低微的人与出身权贵之人抗衡，这种方式有利有弊，要根据野心之人的性格来做判断。如果他是一个生性怯懦的人，这种方法是非常奏效的；但如果他是一个专横跋扈、天不怕地不怕的人，就可能会导致他们起兵，推翻朝政，罔顾法纪。因此，必须要根据实际情况采取行动，不能一概而论。另外还要注意赏罚分明，这样才能避免野心之人过度不满，威胁自己的地位和国家的发展。

野心在很多方面都有所表现，就像有的人喜欢在大事件上出风头，而有的人事无巨细都要出风头。对于后者，这种人是十分危险的，经常会制造祸端，无论大小，都严重影响社会的秩序；也有的人是为了表现自己在处理某些事情时专心致志，这种人比那些民心所向的人的威胁要小得多，甚至有时也有益于公众。有的人喜欢与那些能人异士比较，想在他们中脱颖而出，这是百利而无一害的，应当给予支持。也有的人喜欢贬低别人抬高自己，抹杀别人的功绩，对于这种人一定要小心防范，因为他随时都有谋权篡位的可能。

当然，一个人之所以有野心，通常都是想追求那些高位显爵。具体有三种情况：与人为善，接近君王，成为人之龙凤，享有荣华富贵。如果是第一种情况，那么我们应该予以支持，这种人对国家对人民都是十分有好处的，作为一个明君必须要看清这一切才能知人善任。如果不是没有选择，我们一定不要起用那些野心之人，要选择那些具有责任感，并且永远把国家安危和人们福祉放在第一位的人，这样国家才能长治久安，繁荣昌盛。

Chapter 37

谈宴会表演

书中的很多话题都比较严肃，但皇宫的宴会和娱乐相对而言是一些比较有趣的议题。既然作为一国之君要参加这些活动，那么我们就要注意自己的形象和风度，只有这样才能把握当中娱乐的度，避免别人评论自己骄奢淫逸。

皇宫的宴会表演通常是比较盛大的，表演者通过悉心的打扮，皇宫的侍从们为表演者搭建舞台，位置一般比较高，这样无论身处什么位置的人都能清楚地看到表演。另外，服务于皇宫的管乐团队也会练习各种歌曲，以便根据表演进行弹唱增添气氛。

有时宫廷之中也会有戏剧表演，人们为了让故事看起来生动有趣，非常注重故事的内容，以及表演者喜欢反复琢磨故事，然后在说对白的时候恰如其分地把人物的心理特征和脸部表情表现出来，让自己融入故事的角色之中，也让观众们觉得自己正在看发生在现实中上演的事情一样，受到事件的刺激和感染，融入剧情之中。

对于舞蹈表演很多人都是很有兴趣的，一个成功的舞蹈表演者能把歌曲赋予的情感和意义都表现得淋漓尽致，并且这种舞蹈通常不同于其他舞蹈类型的表演，是十分引人入胜的。当然，在适当的时机变换一下表演的舞台也能让观众享受视觉的盛宴，也不至于让观众长期看着同一个布景感到疲惫。但转换背景的时候一定要不容易察觉会比较好，否则就会影响正在表演项目的正常演出，也转移了观众们的注意力，浪费精彩的表演。

当表演者表演完毕后切忌直接走下表演台，要做一些动作或花样，这样让人看起来会非常自然，然后也能吸引观众的目光，使他们感到流连忘返，欲罢不能。在宫廷之中表演歌剧适宜选择一些比较欢快的音乐，制造欢乐祥和的景象。另外歌剧的剧情编排也要符合常理，井然有序，不能杂乱无章，否则只会使观众弄不清楚你究竟想要表达的是什么，以致失去观看的兴趣。表演的服装颜色也要花点心思，不要采用那些比较沉闷的花色，这样会让人们失去观看的兴趣。通常那种在灯光下闪闪发亮的珠片会让服装看起来十分华丽，这有助于吸引观众，也会使舞台的表演显得金碧辉煌。还有很重要的一点，就是服装必须适合表演的角色，如军官应该穿戴军服，水手应该穿戴水手服，海盗应该穿戴海盗们特有的服饰等等。只有这样我们才能弄清表演者的身份，并且比较容易辨别他们的身份，才能评论其表演是否独到，是否符合角色的要求。

另外，表演的方式不能一成不变，要学会创新。如把一只忠诚的狗人物化，使其既有人的特征又有狗的特征，并相互补充，相互辉映，这样就能给人以新鲜感，并且看表演的人兴趣就会大增，活跃观众的气氛，使人们的注意力都集中在表演上。也可以邀请那些对动物训练有素的人前来进行杂技表演，对于人们经常能做的事情却也能发生在一只动物身上，这会使观众觉得很新鲜，并且在表演的时候还时不时拍手称快。还有那些具有宗教色彩的浪漫喜剧也能在宫廷中进行表演，什么仙子、精灵也是人们最好奇的事物，一旦把他们成功地穿插在故事中，也是能够引起人们的兴趣，让观众所有的注意力都集中在表演上。

还有一些斗兽表演，如斗牛表演，这需要比较大的场地，而且很多时候都在皇宫外进行，这有利于君民共享，让民众也能得到观看表演的福利。但通常这种表演比较残忍，不是适合所有人，因此不太支持在宫廷中举办这些表演项目。另外还有其他方面有趣的表演，在这里就不一一写出来了，毕竟我们已经说得够多了。

Chapter 38

谈人的天性

每个人都有被隐藏的天性，有时会被隐藏得很好，一辈子也不能发现这个天性对自己的影响，但有时又很容易暴露无遗，让别人很快意识到这种天性的存在。

当天性不是很好的时候，人们就想通过自身的努力对其有所压制，以便自己能免受这种天性的伤害。但任何事情都不能过度，因为很多时候你越想压制它，它就会越张狂，一定要注意处理好和他们之间的关系，才能避免自己陷入痛苦之中。

另外，要遏制天性对自己的影响就一定要制定目标，这个目标不能太高也不能太低。太高会使失败的可能性增大，太低就会遏制得太小，最后让这种残劣的天性死灰复燃。当我们制定目标后，要学会寻求别人的帮助，只有这样我们才能更好地鞭策自己。当改变进行了一段时间，就要学会依靠自己的力量，对自己严格要求，持之以恒，这样才能更好地克服困难，假以时日就会像蚕虫破蛹一样得到新的蜕变，让自己成为想要成为的人。

有的人的天性很要强，做什么事情都要争第一，也不能容忍别人的缺点，如果要克服这种天性，最好做到以下两点：其一，提高自己的自制力，当发现自己对某些事情很不满想要发脾气时，那么就在心中默数数字，这对于控制情绪是大有帮助的；其二，要严格控制当中的量的问题，对于有害无益的东西更加要逐渐减少，就像喜欢抽烟的人如果要戒烟，那么就要严格要求自己每天抽的根数都要减少，最后变为零，变成习惯，这样才能成功戒烟。但如果你的自制力很强，能很短时间把这个事情处理干净就更好了。

如果我们要获得精神上的自由，就必须要把禁锢自己的枷锁都拿开，这样才能轻身上阵，让自己战斗起来变得轻而易举。

对于那些对自己只有坏处的天性，我们要严格要求自己改正过来，只有这样我们才能避免自己遭受这种天性的侵害。改正的方向也是我们需要研究的课题，我们对某些行为进行修正无非是想自己越改越好，一旦发现苗头向着更恶劣的方向改变，我们就要停下脚步，认清自己的走向，这样才能避免自己变得更恶劣甚至一发不可收拾。

除了弄清修正的方向外，我们还要知道一点就是这个世上没有完美的人，当我们进行修正行为的时候要学会修整自己，只有这样我们才能弄清自己的优缺点，然后有针对性地进行改进，如果能够做到让自己的优点更优，缺点被修正，那么就最好不过了。另外，当事人不能太自负，以为自己很了不起，一定能够把缺点修正过来，这只会使自己的天性受到压制，一旦遇到相应的催化剂，那么其就会产生巨大的化学反应，做出一些连自己都不能顺利控制的行为，这是得不偿失的。就像《伊索寓言》中有一只猫转化为人优雅地坐在餐桌前，但当一只老鼠从餐桌走过时，它就迫不及待地用真正的面目示人。所以在修正天性的过程中，也要尽量避开这些诱利的因素。

另外，天性很容易在自己一个人的时候显露无遗。人们总是这样，当周围没有眼睛的时候，就会肆无忌惮地进行自己喜欢的东西，尤其是那些自己抱有热情的东西。如果自己的天性和兴趣是投机的话，那么人们就会幸福满溢。但如果背道而驰的话，人们就会感觉很痛苦，因为没有人喜欢在自己讨厌的东西中周旋或浪费时间，也没有人喜欢生活在郁郁寡欢之中。因此，当我们对某件事情不感兴趣但又不得不做时，那么就做时间规划吧，这样就能让自己在有限的精力里做着自己不喜欢的事情。而对于那些自己感兴趣的事情，即使不用规划时间，我们也能主动完成，因为无论何时我们的心思总是被感兴趣的事物吸引着。如果感兴趣的事情是对自己有帮助的话，又何乐而不为呢。

Chapter 39

谈习惯与学问

一个人的动机取决于他的思想，知识和日常生活的见闻会影响他们的言谈和表达能力，一个人的习惯却决定这个人的行为。就像马基雅维利说的那样："如果你要求一个拥有良好教育或思想前卫的人去杀害一个人，倒不如邀请那些手中沾满血腥的杀手去执行这个任务比较好。"马基雅维利说出这句话的时候并没有参考任何哲学家的见解，如修道士克莱门特、哈委亚克、约尔基、巴尔塔萨尔·杰拉尔等，但他的这句话却经得起时间的洗礼，一直被流传了下来。

事实上，习惯的力量是非常强大的，不是一般的能力能够与之抗衡的，如天性、学识等。虽然如此但有一种力量是能够与习惯抗衡的，就是迷信。当一个人对某种事物非常迷信的时候，就像如有神助般力量非常强大，甚至有时比习惯还要厉害，杀人于无形。迷信的人就像被别人操控着一样，变得没有思考力，以致经常不能准确辨别是非，做出错误的行为。

人们一旦形成某种习惯就会很难改变，他们就像被输入程式的机器人一样，只要成为习惯就不分对错，主动传承，并认为非这样做不可。就像那些习惯被君主的专制统治的臣民，他们从来都不会认为这是一种专制的行为，而认为是君王拥有的特权和权威，是神圣不可侵犯的。又像那些印度教徒，他们认为把自己的身体作为极品献给神才能显示自己对神的忠诚度，而他们的妻子非但不认为这是一种谬论，更纷纷争先恐后地跳下火海，陪同丈夫一起奉献给神，以谢神恩。另外在斯巴达非常盛行一种风俗，就是在迪亚娜的祭坛上接受鞭刑，这才能显示自己对神的尊重。在英国，凡是叛徒都要用荆条进行绞死，因此在伊丽莎白上任初期，有一个人因为叛逆女王被荆条绞死。又像在俄罗斯的那些教徒，他们为了向神赎罪，主动在寒冷的冬天浸泡在装有水的瓦缸里，直至结冰受冻而死。

由此可知，习惯对人的影响是十分巨大的，甚至深入骨髓。为此，对于这个问题我们一定要严肃对待，并最好对后代进行引导，这就涉及学习知识的问题。幼年时期是人们学习最旺盛的时期，为避免被这些没有任何依据的习惯侵蚀人们的灵魂，在幼年时期就要把正确的观点传道给他们，让他们摒弃陋习，学习新的习惯，为祖国的未来谋福祉。一个处于幼儿期的人无论学习什么东西都是比较容易上手的。如学习语言，对他们进行发音练习将会得到很好的效果，而且学习的速度比任何一个时期都要快。如果学习舞蹈，那么千万不要错过这个时期，因为他们的身体是柔软的，比较容易学习那些高难度的动作，否则即使以后条件允许，但因为身体僵硬，也难以掌握了。

习惯的力量如此巨大，如果能够把好的习惯都集中起来，那么其力量是不可估量的。因此，我们要善用习惯的力量，只有这样才能让社会变得更和谐和进步。就像具有相同学习习惯的人如果能够走到一起，那么就能互相帮助，互相进步，同时也能形成良性的竞争，让人们享受竞技带来的乐趣。又如那些拥有美德的人结合在一起，就会形成巨大的力量，这对于帮助那些需要帮助的人走出困境是大有裨益的。因此，有智慧的人一定要善用习惯，为自己和他人谋福祉。当然，任何事物都有两面性，既有利也有弊，所以我们一定要注意那些具有相同坏习惯的人，尽量分开他们，一旦他们结合就会对社会造成更加不良的影响。

Chapter 40

谈幸运

幸运女神只会垂青于那些有准备的人，当然时机、外貌、健康、才智、美德等东西都是铸就幸运的因素之一，但总的来说，操控幸运的人是自己。我们都是自己命运的设计者。

在生活中经常遇到这样一种现象，一个人蒙受的不幸是他人幸运的基础。为此，幸运与否就取决于你能否发现机遇、抓住机遇，并把机遇转变为幸运。这样说或许有失公平，但这是毋庸置疑的真理。就像拥有美德的人在人群之中都是很受欢迎的，但幸运之神只会降临在那些拥有隐秘美德的人身上。就像西班牙人认为良好的自制力能为人们带来好运一样，又像里维认为幸运从来都不会根据一个人的出身而有选择地出现，而是无时无刻不在那些相信自己能够创造幸运的人的身上。

为此，幸运与人们的出身、生活条件、能力等方面都无关，只与人们的心态有关。就像我们即使身处的环境十分恶劣，但如果我们坚信自己的奋斗能够为自己带来好运气的话，那么幸运之神就会如期而至，从来都不会失信于人。

当然，幸运是一件日积月累的事情，不要指望一开始就能光芒四射，必须要有耐性，要懂得经营。他们就像天上的小星星一样，在布满密云的天空我们只能看到寥寥几颗，而且光线十分微弱；但如果万里无云，那么我们就会看到像银河般的繁星，多不胜数，光亮无比。所以，我们不要因为身处逆境就不抱希望，苦恼不堪，通常他们是暴风雨的前兆，但风雨过后就会万里无云，当夜幕降临我们就能看到点点繁星，光芒耀眼。这也是幸运之神到来的先兆，只要我们坚信自己能够获得幸运，保持乐观，迎难而上，那么我们就会与其不期而遇。

不过，如果一个人从来都没有考虑过自己，为自己打算，那么他就不配说自己幸运与不幸运了，因为幸运是对于个体而言，并非集体。一个人如果心系集体，那么幸运之神就从来不会降临在他的身上。另外，幸运是会经常降临到那些自信和乐观的人身上的。因为幸运之神也喜欢看到人们身上的光辉和光环。如果一个人拥有光辉和光环，他们就像天使般让人爱不释手。因此，我们必须保持乐观自信，这样才有利于自己获得更多的幸运。

幸运的人除了乐观自信外，他们还很注意自己的行为举止，从来都不会随便招人记恨和嫉妒，因为他们清晰地知道自己一旦被别人记恨和嫉妒就会间接为自己树敌，最后无论到什么地方做什么事情都会受到阻挠，导致事件完成的时间加长，这就有可能会导致自己与幸运擦肩而过，是得不偿失的行为。

有些人拥有了美德就像拥有了神的庇佑一样，这样的人通常是能力非凡的人。就像恺撒在一个风雨交加、大风大浪的晚上要乘船出海，但撑船的人想要拒绝，事实上也真是十分危险。但恺撒却对其说了一句有气度的话语："没必要畏惧，因为恺撒是一个具有神明庇佑的人。"又像苏拉经常对外宣称自己是一个有福气之人。

虽然这样，但幸运从来都不会降临在那些自以为是的人身上，因为他们不能客观地对幸运做出评价。就像雅典人在汇报政绩的时候否定了幸运的作用，那么在这之后就没有比现在更辉煌的政绩了，因为幸运之神已经离去。

因此，我们是否幸运都取决于我们自身的性格，如果一个人认为自己幸运，那么幸运之神就会常伴左右，如果认为自己不幸运，那么幸运之神就会离开。

Chapter 41

谈借贷

有人曾经说过放贷的人就像魔鬼，因为他们蚕食了1/10的社会财富，同时他们又是财富的生产机器，不分昼夜地运动，把社会的财富都据为己有。正因为他们的这些行为引起世人的不满，甚至认为他们侵害了神灵们的利益，因为在普通人看来，这些财富的主人应该是神灵。也有人认为放贷的人是社会赡养的懒虫，从来不知道感恩，贪婪无比。

伊甸园有一项法律条文被放贷者破坏了：人们必须付出劳动，流出汗水才能吃到面包。但放贷的人却把这个条文变成：要学会使那些面包流出泪水。这或许感觉有点扭曲，但事实一点也不假。放贷人的心地十分贪婪，从来不会因为得到面包就会感到满足，他们希望这些面包能够为自己带来更多的面包，于是经常欺压借贷的人，让借贷的人把身上仅有的水分都变成了泪水，更有甚者会变成血水。

放贷的人经常打着支持金融事业的旗号，认为正因为他们的存在才导致金融业繁荣昌盛，进入黄金的时代，他们是站在历史尖端的伟人。之所以产生这样的谬论是因为他们只看重自己的立场，从不曾考虑别人的立场。他们也只看到这个行业带给自己的好处，从来也没有考虑过这个行业对社会的坏处。更让那些借债的人分不清当中的利弊，做出错误的决定，影响自己的一生。

为此，我们必须在借债以前充分权衡利弊，弄清楚他能带给我们什么好处，又能带给我们什么坏处，然后谨慎地进行思考，做出相应的决定，这才会使自己不为选择而后悔，或把损失减至最低。

放贷行为的存在，对这个社会是有很多的坏处的，其一，它使以经商为生的人减少。经济是国家获取财政收入的主要途径，如果放债的人减少，那么所有的资金就会倾注在商业方面，这有利于经济的发展，提高国家的收入。其二，它使商人的本性变坏。放贷能够助长人们的惰性，就像那些农民如果因放贷获得源源不断的收入，你认为他还会耕作吗？对于商人也是如此，当放贷能满足他对收入的需求，他们就不会想方设法扩大经营，最后影响经济的发展。其三，是以上两个理由综合的结果：影响国家财政收入，导致一些惠民的公共设施和公共事务无法实施，严重影响国家的运转。其四，放贷会导致国家的财富集中在少数人手中。正如大家所知，放贷就像一只会生鸡蛋的母鸡，只要不将其杀害就会得到鸡蛋，鸡蛋再变成鸡，这样的循环永不停歇，甚至为放贷的人带来源源不断的收入，最后财富也在这样的滚动中落入拥有母鸡的人身上。其五，导致地价大跌。当人们发现放贷的毛利是这么高，而且风险又这么小的时候，就会纷纷投入到这个行业，最后堵死土地的流通，严重影响地价，甚至国家的财政收入。其六，放贷会使工业、农业等行业无法发展，也可以说是发展不起来，因为所有的财富都被用来放贷，那么发展这方面事业的资金就会严重稀缺，最后严重影响这些行业的发展。其七，会造成社会贫富悬殊，两极分化，严重影响社会的稳定和安危。

放贷并非毫无好处，它在抑制商业的同时也加快了商业的发展。一个国家的经济主要靠年轻人来扶持，但年轻人的资本非常有限，为使自己能得到想要的东西就必须设法寻找金钱，这样才能达到购买的目的。而借贷是很多年轻人的选择，他们都喜欢短期借贷，以实现自己购买的欲望。如果放贷这个行业突然倒闭，那么很多商家的店铺也会跟着倒闭，因为他们的销售大不如前，甚至入不敷出，对于没有盈利的行业谁还会经营下去。其二，如果没有放贷这个行业，那么当人们急用资金的时候就不得不把自己仅有的资产变卖，由于时间紧迫，不得不以低于市价的价钱成交，这就严重影响商品市场的秩序。如果一个人没有任何资产，就等于连救命的稻草这么微弱的东西都没有，那么当人们陷入困境的时候就等于被宣布死亡，这会增加死亡率，对于一个国家而言死亡率飙高并不是一件好事。对于典押资产的市场而言，放贷的收紧也是没有任何好处的，这使他们难以回收被典押的资产，严重影响国家的经济和秩序。其三，放贷业是靠收取利息作为收入的，如果说要求他们不收取任何利息进行放贷，只会增加放贷的风险，况且对于很多人而言，如果没有任何利益的商业活动就等于白白浪费劳动力和时间，相信没有人喜欢做这样的蠢事。

凡事都有利弊，我们必须仔细进行权衡，然后再采取行动，否则这对于社会的发展、人们生活的保障等都是百害而无一利的。

通过上文的分析，我们已经知道放贷的好处和坏处，为此我们应该针对这些好处和坏处想出一些规范放贷业的政策，这样才能使放贷业适当地释放能量，为社会的发展贡献一份力量。作为放贷人，我们必须要阻止自己过分贪婪，否则高利率的放贷行为将会严重影响商业的发展，这对于个人，对于国家都是没有任何好处的，作为一国之公民，除了考虑个人利益外，还要考虑集体利益，这样才尽了一个公民的义务。另外，国家应该出台相应的政策，鼓励这些放贷者把财富借给商人，这样就会使这些资源运用在社会经济的发展上。经济是国家的命脉，其壮大也有利于国家增强综合国力，提高世界地位。又或者放贷者采用高低利率的放贷方式，利率过低就会使很多人借不到资金，让这些财富不能用到实处。对于商品贸易的行业可以采用高利率的措施，因为这个行业的资金周转周期短，回报率高，这对双方都是非常有利的。

为了实现以上的目标，我们必须采取一些措施，具体做法是采用两种利率，这两种方法将有利于普通民众和商人。对一般人而言，他们如果不是因为经济因素是不会借贷的，因此，对于这种人应该采用低利率的方式，这样才不会对他们造成过分的压力，又能促进经济的发展。当然，这种方式一定要得到国家政策的支持，因为在很多国家他们都规定了利率的范围，而这种借贷的利率往往低于国家规定的最低水平。为此，如果国家不支持的话，他们就等于触犯了法律，也难逃离牢狱之灾。聪明的人绝对不会做一些对自己毫无好处的举动，否则只会惹来笑柄。另外，如果这种放贷的利率能够顺利实施，将有利于土地市场，从而增加国家的财政收入。低利率还有一个好处是刺激工业的发展，因为人的天性都是贪婪的，如果投资在其他行业的收益远远高于放贷的利息收入，那么人们就会跨入这些行业，从而促使这些行业的发展。

第二种利率方式是特许利率方式，就是针对一些获利水平高的行业，我们稍微提高一点点利率，但这个利率又要稍低于市场的平均利率，这样才能吸引别人跟你借贷。当然国家对于放贷利息收入进行征税时，税率最好控制在合理的水平，不能过高，否则只会影响放贷人的积极性。正常来说，只要放贷人的收入有所保障，他们就会长久地从事这个行业，这对于国家经济的发展也是大有裨益的。另外，国家还要适当规范放贷业，例如必须要求他们申请营业执照，然后规范他们的经营范围和经营地点，这样即使出现问题也能有章可循，有法可依。对于放贷者也要谨慎选择放贷的对象，如果一个人的还贷能力十分差，又或者对其信用有所怀疑，那么最好还是不要放贷为好，否则不但不能保证利息收入，还有可能连本金都难以收回，这对于一个放贷者来说打击是非常大的。或者要想避免这些问题的发生，那么就选择那些熟悉的人进行放贷，这样才能保障自己，让自己不用蒙受不必要的损失。

Chapter 42

谈少年和老年

年龄不代表你的成熟度，经历才是你成长的脚步。为此，我们在生活中看到有些人虽然年纪不大，但他们面对事情，处理事情却十分成熟，更有甚者会比年老的人处理得更好。这部分人在生活中只存在少数，很多人的少年时代都是十分不成熟的，他们就像计划的准备阶段，对于很多事情都不了解及不理解，需要花心思学习和钻研，然后再根据收集到的材料进行加工和研究。由于缺乏经验，处事不够成熟，对于很多事情没有周详的计划，这就有可能导致计划无法实施，或在实施中途暴毙。像久利亚斯・恺撒和赛普迪米娅斯・赛维拉斯就是一个铁证，他们到了中年才获得一点点的成就。

为此，少年应该作为计划的实施者和创新者，而年老的经验丰富的人应作为监督者，这样事情才有可能完满成功。当今社会日新月异，如果采用一成不变的方式方法处理事情的话，只会让自己处于劣势之中。但很多年长的人因为经验的禁锢导致他们在处理事情上很难有思维上的突破，这就促使一些新形势的问题无法解决，不能具体问题具体分析。因此，为使事情能够完满解决，我们一定要学会创新，创新的思维一般都存在于年轻人活跃的脑袋里，而年长的人因为经验丰富，经常能对某些事情的可行性做出正确的判断，这就更有利于事件的执行和完成。

年少轻狂这句话一点也不假，年轻的人做起事来很少思前顾后，经常对事情欠缺考虑，甚至有点不负责任，自以为是地认为只要把事情按时完成就是尽了责任，谁不知事情的质量并没有保证，导致为其收尾的人浪费更多时间检查修正。这种现象随处可见，但同时又让人疲惫不堪，因为这些年轻人如果做了错事被指责的话，他们很少会虚心接受批评，甚至反而会做出很多不经思考的暴戾行为，导致事件无法收拾。也有的人因此而与别人对着干，因为别人对他的不认同让他感到痛心，也因为其自负的情绪让其以为自己做得足够好，只是别人不懂欣赏，于是采取很多偏激的措施，不但让别人身心疲惫，更让自己痛苦不堪。对于这种不成熟的少年，很多人都无言以对，但毕竟他们是社会的新力军，是国家重任的继承者，作为一个长者只能在合适的时机对其进行诱导才能让他们认识到自己的错误，使其思想不断地变得成熟，这样才能让他们做出对社会有贡献的事情。

当然，最好的做法是二者结合，年轻人的冲劲是事情得以完成的动力，而年长者的监督却是事情能够顺利完成的保障，因此，如果能够取长补短，互相帮助，互相体谅，互相促进，那么对于事情的完成将是大有裨益的。

由于年长的人经验比较丰富，因此他们很多都身居要职，掌握着各个地方的权力。但年轻人在处理事情的时候或许会比年老的人更受欢迎，或许谁也不喜欢古板的人。事实上，如果一个人能够不断地成长成熟，对于自己和社会来说都是一件好事，但如果摒弃灵活性或做事太过刻板，都很容易引起别人的不满。为此，我们必须控制好当中的度，这样才能让自己不因为比别人经验丰富或比别人的能力更胜一筹而自负自满。

当然，这个社会也不乏一些年纪轻轻就有所成就的人，像赫冒简尼斯很年轻的时候就是一位出名的修辞学家，但可惜的是他的这种能力随着年龄的增长而减退，甚至让人感觉愚钝。像西辟奥·阿弗利坎努斯也有类似的经历，或许是因为年轻的时候取得的成就太辉煌，导致后期无法超越，让自己难以为继吧。

他的晚年不如其早年。

——里维

Chapter 43

谈美

拥有美德的人身上是有很多光环的，熠熠生辉，但这些都是相对而言的。就好像有的人外貌不怎么样，但因为其拥有美德的关系，就会让人觉得其很美。但有的人外貌气质都很好，但内心却刻薄无比，这种人无论穿着多么光鲜都是丑陋的。

在社会生活中，有很多人存在这样的偏见，他们认为美德只会在样貌水平一般的人身上存在，而那些外表俊美的人都是虚有其表，在他们身上找不到任何亮点，甚至没有任何大志。事实上，这样的观点是十分片面的，纵观历史，有能力的人也不乏俊美之人，像奥古斯塔斯大帝、泰塔斯·维斯帕努斯、法王腓力普、爱德华四世、阿尔西巴阿的斯、伊斯迈尔等等。他们很多都是一国的君主，有智有谋，但他们在当时来说都是美男子，他们的能力从来也没有被他们的外貌所影响。

美有很多不同的标准，有的人喜欢形体之美，有的人喜欢外貌俊美，有的人喜欢根据一个人的行为举止进行评价等等。但这些美都是以我们的主观意识为导向的，因此没有任何标准可言，这区别于人们经常评论那些画家画的人物是否俊美的标准。因为学习过美术的人都知道，他们在绘画人物的时候都是有一定的标准和比例的。什么样的比例才是美的标准，什么样的比例能突出人物的线条等等。像画家阿派莱斯和阿伯特・杜勒在绘画方面的能力都非常突出，而且有自己的一套标准。他们中的一位甚至用几何标准去评价一些画像，而另一位却喜欢画外貌的一部分，通过这部分凸显人物的特征和外形。每个人都有自己的画风，也有自己绘画的方式，这就让我们看到了千姿百态的作品，并能根据某些绘画的风格和线条辨别作品的真伪。因此，一个人的作品美不美，突不突出都是由创造这个作品的人决定的，不是根据那些所谓的标准。这些标准对初学者很有帮助，一旦一个人拥有了纯熟的绘画技巧后，就能发展自己的方式和风格。为此，我们不能单纯从某些表面的东西评论别人是否美，而应该从其本质去思考，这样才能客观地评论和欣赏他们的美。

既然美从来都不是一些表面的东西，我们就要学会深入地探索和了解。就像有的人十分和蔼，而且对于很多事情都很宽容，那么这个人就会散发一种豁达的气质，这种气质会经常让人感到他身上发出的光环，喜欢他身上由内而外散发出来的美。

对于年轻人，因为对事情缺乏耐性，甚至对很多事情都得过且过，思想的不成熟让他们看起来一点也不美。相对而言那些经验丰富、睿智的长者的美却是历久弥新的，让人百看不厌。为此，我们必须弄清什么是美，才能更好地评价美。

Chapter 44

谈残疾

造物主有一点不公平，因为他让某些人得不到健全的身体，虽然残缺也会产生美，但人们往往会被第一印象影响，一旦看到某个人有缺陷就产生怜悯之心，或轻蔑的态度，不同的人有不同的表现。

残疾人通常都是心灰意冷的人。

——《圣经》

这或许是有缺陷的人对造物主的一种报复，虽然有点偏激，但这也是生活的写照。因此造物主为了弥补他们的错误，通常会让这些人在某些方面有所建树，但命运的安排抵不过人们的意志，如果一个人一旦意志消沉，他们的眼里就会只有自己，对于其他一切事物都漠不关心，因为所有这些之于他们都是无关的，为此，他们从来都不会对自己以外的东西感兴趣，甚至认为造物主刻意安排这些东西来挑拨他们的神经，让他们自卑的心更难受，更难释放，一切都不过是对他们的蔑视。

有的残疾人自尊心很强，一旦发现别人轻蔑自己就会鼓励自己勇敢地冲出这些让自己心情阴霾的东西，并且十分渴望从这些东西中逃脱出来。这种人通常都是一个勇敢之人，当他们克服了这种困难就会变得自信起来，即使他日他们还是会遭遇相似的情况也能很好的度过，克服困难成为习惯，从而提高自己面对生活困难的勇气。

与此同时，身体有缺陷的人都很喜欢观察别人，从别人身上找出缺点以平衡自己的心情。或许这是一种自卫的行为，但假以时日，一旦这些行为成了习惯，他们就会时刻用自己最好的一面示人，这让那些健全的人无地自容。毕竟身体有缺陷的人若想要成功，必须要付出比普通人更多的努力，只有这样才能在成功的舞台占有一席之位。

另外，身体有缺陷的人从来也不惧怕与别人竞争，因为他们想要证明自己的能力也不比正常人差，甚至比他们更优秀。为此一旦他们确立了目标就会奋勇向前，无惧风雨，夜以继日地学习、锻炼、实践，把不可能变为可能。

在帝王身边的宠臣，很多时候并不是因为他们的能力超群，而仅仅因为他们比较善妒，因此对什么事情都十分留意和抱有怀疑的态度，所以，君主不费吹灰之力就能从他们口中知悉自己身边发生的一切事情，他们不过是君王最好的检测器，但绝不是一个好部下。为此，重大的事情通常都不是君主身边的宠臣负责的，都是那些能力超凡但又不喜欢出风头的人负责的。这种人和身体有缺陷的人的品格是差不多的，因为他们从来都不希望因为自己身体存在缺陷而遭受蔑视，他们想通过各种途径证明自己能力与常人一样，甚至超出常人。为此，他们会比常人付出更多的努力，并希望自己能摆脱别人的怀疑和蔑视。这样的人有很多，如苏格拉底、伊索、杉格尔、阿盖西劳斯等。

Chapter 45

谈房屋

房屋是人们的栖身之所，为此，很多人都不求美观，但求舒服。事实上这种要求是人之常情，毕竟我们建造房屋不是为了美化环境，而是为了让自己有休憩的地方。当然，如果两者都能具备那就堪称完美，但完美之事在社会生活中是很少存在的，除非这是在那些诗人的想象中，或许比较容易实现。但我们必须明白一点，就是诗人只需一点点时间进行想象，损失的东西不算太多，但如果我们真要建造这样的房屋的话，代价是非常昂贵的。

当然，一个房子的好坏与其所处的环境是息息相关的。就像如果你在一个山清水秀的地方建造了一座房屋，但周围都是潮湿的泥泞路，并且房屋的周围杂草丛生，荒无人烟，更不用说其他生活用品的摆卖了。对于这样的居住环境，相信很多人都会拒绝。原因很简单，这里虽然空气清新，但进出十分不方便，而且很容易滑倒，当真发生这种情况相信也没有人前来施救。另外，这个地方非常多蚊虫，是极度不卫生的。还有就是这里没有人烟，那么我们每天难道只与动物交往吗？相信没有多少人愿意。没有什么比恶劣的生活环境更可悲的了，只要有常识的人，都不希望自己生活在这种与孤寂相伴的地方，更不希望自己即使生病无人问津。

因此，聪明的人都有自己的打算，如果条件允许，他们拥有选择的主导权，这对于他们来说是一件好事。人类始终是群居的动物，如果脱离了群体，就相当于把自己与世界分离，甚至可以说是一个活死人。于是，人们为了避免自己遭受这些境况，一般情况下都会选择空气清新、环境优美、生活便捷，同时也不缺乏朋友的地方进行居住。

就像庞培曾到卢库拉斯的家中做客，当时其居住的地方十分凉爽，而且屋内十分宽敞明净，让人心旷神怡，于是庞培不由自主地感叹："这真是一个避暑的好地方，但如果冬天的话就过于寒冷了。"卢库拉斯听后大笑："大雁尚且冬南飞，作为人难道我的智慧比不上大雁吗？"

房屋所在的地点固然重要，但房屋本身也非常重要，像西塞罗曾经著有几本名叫《论演说家》的书，这几本书只是介绍了演说的基本原理，但从不涉及精华，但后来他又著有另一本书叫《演说家》。这本书主要论述演说的最高境界。为此，我们说房屋的本身时，当然不能从普通房屋着手，毕竟其施工困难程度比其他宏伟的建筑要少很多，不具代表性。因此，我们就用像梵蒂冈和埃斯库锐亚这种宏伟壮观的建筑作为代表对其展开论述。

首先，一座用途广泛的皇宫至少要由两部分组成，一部分要用来作为举办宴会或接待外宾的场地，另一部分要适合用来居住。只有这样，我们才能根据实际的情况拥有舒适的环境，对外我们是一国之君，但对内我们不过是一家之主罢了。当然除了这两部分还可有其他的一些部分，如花园、走廊、展厅等等。所有这些部分都一定要协调好，只有这样才能使建筑看起来很和谐，甚至宏伟壮丽。

通常这两部分的建筑都是由一个宽阔且富丽堂皇的楼阁链接起来，这样当人们进入宫殿的时候就能分清自己的走向。举办宴会的地方通常楼顶都比较高，这样的场地适合用来表演，这也使举办宴会的地方看起来不用那么拥挤。当然，除了宴会大厅外还要有其他一些包间和小房间，这样前来表演的人才有栖息准备的地方，对于那些身份特殊前来参加宴会的人也可与普通的民众分开，让他们专心地观看表演。至于居住的地方也要相当讲究，最好有一个大厅和一个礼堂，这两个地方都一定要宽敞舒服，而且装饰和家具都要别致一点，这样才能显得高贵富丽。另外，接待厅应该准备两个，一个用于夏天，一个用于冬天，分别采用适合这两种天气的装潢，这样使用起来就会方便很多。

除了这些主要房屋外，我们还需其他设备的辅助。如厨房、地窖、饭厅等等。

这些地方虽然面积不大，但其用处却非常大，是保证人们基本物质需求的地方。一座皇宫要显得金碧辉煌，这就离不开对其进行雕饰。如把皇宫的两部分分隔开来的走廊是这座建筑的中心部分，是人们进入两个地方必经的地方。因此，在这个地方一定要多花点心思，如在支撑楼顶的支柱上雕刻一些具有本国特色的图案，至于楼顶可以用一些表达该国宗教信仰的壁画，而且颜色要鲜艳一些，多变一些，这样才能让人目不暇接，显得宏伟壮丽。

另外，还要在居住部分多设房间，这些房间没有过多的要求，但一定要具有本土的特色，这有利于接待宾客的时候，让他们感受本国的文化。另外还要对其他生活的设施进行设计，这样才能满足不时之需。对于那些服务的设施也要跟上，毕竟一个地方设计得好不好是严重影响人们服务的质量和效率的。这些都必须考虑设计清楚，这样才会让这座宫殿看起来设施非常完备，就像这个国家的国力一样，是非常有实力的。另外最好还采用一些古典的设计，这有利于前来参观的人知道本国的历史，并感受专属于你们的文化。

如果这个宫殿设有庭院的话，那么庭院的面积要恰当，这样才能彰显建筑主体的富丽堂皇，另外这个地方最好用地砖铺设几条小路后其他部分都用来栽种花草树木，这就会让人感觉这个地方非常宁静而且充满神秘感。如果条件允许，可在这个地方建造一个喷泉，其周围也有本国特色的雕像，这样的环境是很让人敬畏的。

很多富丽堂皇的皇宫都会在其建筑的四周建造一些通往庭院的楼梯，这些楼梯最常见的是用那些白玉砖砌成，并且很喜欢用弧形的线条，这些线条会让人感觉很高贵，而且引人入胜。皇宫的实体建筑通常都使用对称的关系，如左边有一个圆顶的建筑，其右边通常也有一个一样大的圆顶建筑，他们使用的石柱规格都是一样的，没有一点差异。同时，为了让整幢建筑看起来十分壮丽，他们善于采用彩色的玻璃，这些玻璃通常都是特制的，因此是独一无二的。在阳光的照射下，这些玻璃让人感觉熠熠生辉，但它们的穿透力很小，在宫殿内，你是感受不到阳光的照射的，为此，皇宫是一座冬暖夏凉的好房子。

为了让皇宫看起来更加富丽堂皇，也可大胆采用一些其他不常用的材料，如玻璃壁画，这些材料虽然有一点宗教的色彩，但却能把这个国度的文化表现得淋漓尽致。对于窗户的数量和设计也是要认真考虑的内容。如果窗户太多，宫殿内就会显得过于明亮，但如果过少就会黯然失色而显得太阴暗。所以作为一个建筑的成功设计师和建造师必须把有关问题都考虑得面面俱到，这样才能让这座建筑舒服、壮丽，具有代表性。

介绍了皇宫的前院和建筑的本身，我们来说一说后院。正常来说后院的面积和前院的要一样大，这样才比较容易规划，而且更突显皇宫的气势。当然后院通常是皇宫贵族们活动的场所，可以说是他们的私家花园，这里的铺设可以相对简单，只要心旷神怡即可。

正常来说，每个人都希望有一个时刻自己能处于宁静的氛围之中，因此，在内院我们可以建造一个凉亭，凉亭内有凳子和桌子，这样能让君王在闲暇的时间享受一下大自然带给的心灵洗礼。还可以在这个地方设置一些运动娱乐的设施，如适合小孩子的秋千等等。

另外，通常内院的两则都会有一些厢房，我们必须要合理利用这些地方，如设计一个客厅、卧室、客房、设备室、储藏室等等。这些都是日常生活正常化的基础，我们不能忽视其建设和修正，否则将会浪费地方和资源。如果一座皇宫具有后院，那么后院建筑的设计也是非常重要的，如果内院建筑具有三层，那么第一层最好是空洞的，只有柱子支撑的，而第二层才用来建设那些厢房，并根据实际需要进行设计。对于那些卧室、宴会厅等地方的位置也要做出合理的安排，这样才能享受内院带来的新鲜空气和阳光，如果设有一条长廊，还可以站在长廊上谈话家常，也可站在高处欣赏内院的风景，感受鸟语花香带给我们的快乐心情以及呼吸新鲜空气。还有，如果要让庭院的环境更美，我们可以采用一些装饰，如灯笼等。当夜幕降临，所有灯笼都点起的时候，我们站在皇宫的高处向下俯瞰，犹如欣赏闪闪的繁星，心旷神怡。

这仅仅是某一个皇宫的范本，对于其他皇宫，他们还有其他的一些特色，如果有机会也可以一睹为快。就像有一个国家的王宫的庭院分为三部分。第一部分是一个种满鲜花和香草的庭院，而且这个庭院的周围都设有围墙。第二部分和第一部分差不多，只是更壮丽一点，也更靠近宫殿一点。而第三部分会让人感觉更花心思，毕竟其直击宫殿的心脏，而且离宫殿也是最近的。

因此，一个房屋无论是富丽堂皇也好，简单朴素也罢，都不过为了让人们感觉舒服和得到休憩，而把宫殿作为代表去论述，不过为了显摆我们人类的智慧罢了。

Chapter 46

谈花园

伊甸园是世界第一座花园，而且这个壮丽的作品还出自造物主的手中。可以说这个花园是无可挑剔的，也是造物主对人类的恩赐。因为伊甸园的存在，我们才拥有新鲜的空气、清新的环境、让人心旷神怡的花圃等等。

一座宏伟的建筑如果没有花园的衬托就会显得暗沉无色，甚至让人感觉十分不完美。为此，即使是一座简朴的建筑，如果其周围都有花园衬托，它也会显得相当别致。纵观古今，所有壮丽的建筑都离不开庭院对其的修饰，庭院就像是一件华丽的服饰，即使是一个精神萎靡的人穿上，也能显得十分精神，甚至雍容华贵。所以，一个皇宫如果想要一年四季都保持金碧辉煌，那么就一定要确保庭院的植物保持长青，为此，我们一定要根据季节对植物的栽种进行选择，这样庭院才会保持生机。在一月、二月，我们应该栽种那些在这个时候开花的植物，如郁金香、番红花、风信子、贝母等等；在阳春三月，则有紫罗兰、雏菊、杏树、桃树、黄水仙等等；在潮湿的四月，则有蝴蝶花、百合花、月季花、樱花、丁香等等；初夏的五六月，则是石竹、蔷薇、万寿菊、苹果花、薰衣草、葡萄花彰显魅力的时候；到了炎热的七八月，蔷薇、菩提花、榛子树、牵牛花等等；到了金秋的九月、十月，则是果实收获的季节，这时有苹果、梨子、葡萄、桃子、枸杞等等，到了寒冬十一、二月，则适宜栽种常春藤、白长春花，紫长春花、蓝长春花、柏树、柠檬树等等。当然，以上的这些植物都是参考而已，每个人都应根据自己所处的地域气候的不同选择那些植物，这样才能让自己的花园保持在春天的状态，历久常新。

花香经常弥漫在空气中，只要我们走过开满鲜花的小径，就能享受它们带给我们的清香气息。有人说，如果我摘上几束，把它们捧在手心里也可以得到同样的效果。但有没有发现这样的花香通常都是很短暂的，而且他们在空气之中的香气远不及在花圃中的香气。为此，我们应当给自己一个机会新近大自然，还是不要随便摧花比较好。

造物主对我们真是很好。在春天，我们能感受桃花带给我们的香润、风信子的嫣红、番红花的艳丽、各色郁金香的耀眼和夺目。在初夏，我们能看到淡黄色的水仙花、各色的百合花（百合花还是制造香水的原材料），还有丁香花、蝴蝶花，所有这些都让我们心旷神怡，眼花扰乱。到了金秋，我们能享受各种果树的果实，紫色葡萄、绿色葡萄、爽甜的苹果、香甜的梨子等等，还有各色的牵牛花、菩提花、蔷薇等等。到了冬天，我们能看到常春藤带给我们一望无际的绿色海洋，另外在这个海洋中我们还能看到各色各样的长春花。在白蒙蒙的冬天能看到这些东西，难道不会感觉精神为之一振，温暖无比吗？

花园是我们精神的来源，是我们保持清醒头脑的催化剂，是我们得到愉悦的场所，是我们休憩心灵、栖息心灵的聚居地。为此，我们必须懂得各种植物的特性，然后有选择地把它们据为己有，那么我们一年四季都能在快乐的花园中得到心灵的安慰，得到心灵的洗涤，得到心灵的快乐。

对于花园的面积和铺设都是十分讲究的。一个花园如果面积太小，就不能为人们营造乐园的氛围。通常来说，那些皇家花园的面积都是很大的，而且设计也十分独特，不是一般人能够模仿的。

花园的前面通常都铺设着草坪，这些草坪不能任由它们生长，每到一段时间都要进行修剪，这样才能保持平整的形象，让人感觉舒服整洁而不是杂乱无章。当然，这些草坪要设计一些小径，方便人们行走，否则经常有人践踏的话，那么无论你多么努力，你的草坪生还率将会是非常低的，这就要浪费更多的人力和物力，对于这种浪费时间和金钱的事情，我们最好不要做。

到了建设花园的第二个阶段，最好能铺设一些花圃，而且花的种类最好要多一点，另外还要考虑其生长的季节问题，就像前文说的那样，相信谁也不希望自己的花园在有些季节看起来是死气沉沉的。为此，我们必须选择一些自己喜欢的，但又适宜一年四季生长的植物，这对于我们来说是一件非常美好的事情。还有，花圃的铺设还要考虑颜色，总不能杂乱无章吧，这样也会让我们感觉烦乱，有心思的园丁是非常擅长打理花圃，并让人看起来十分心旷神怡，赏心悦目。在花园的四周，我们可以种上一些果树，这些果树最好是对人体有益的，这样就能在假日的时候带上自己的孩子享受收成的乐趣，做一次园丁，能让孩子感受劳动的艰辛，这对于教育他们珍惜食物也是很有帮助的。

如果花园比较大，我们最好在走道建造一个棚架，这样就不怕太阳的酷热，风雨雷击，让自己不管什么天气都能享受花园带给我们的快乐和感受。当然这些棚架还可用植物替代，像那些攀藤的植物，我们可以在其周围搭建一个架子，这样他们就会随着自己的生长进行攀爬，最后就像那些大树一样，为你遮风挡雨。如果这种植物能够开出五颜六色的花就能好了，如牵牛花就是值得考虑的植物。

一个充满乐趣的花园还会建造很多小径，这些小径能让人们走向花园的各处，又不至于伤害植物，让他们正常成长，争鸣斗艳。当我们想要亲近自然、了解自然的时候，不妨沿着这些小径漫步，无论走到哪里，相信你都会有新的发现，并且这些发现会不断充斥着你的神经，让你产生好奇心，然后你会与自然产生对话，享受花香、鸟语、虫鸣带给自己的快乐。

园丁们在能展示自己技能的地方从来都不会放弃表现的机会，他们喜欢根据有些植物的生长特点修剪成不同的形状。这种方式有时的确能让人耳目一新，但大多数时候却十分浪费时间。花园不过是我们栖息心灵的地方，如果成本过高就会让人有奢侈的感觉，为此我们没必要这样做，只需要整齐有序就可以了。另外，我认为那些修剪的形状不过是骗小孩的把戏，我们不需要太认真，倒不如让他们施展自己的想象力，然后把自己想象到的东西说出来或许还是比较有意义的。花园可以有很多小径，但最好有一两条够三四个人并肩而行的大路，这有助于我们享受田园式散步的乐趣。另外，我们也可以在花园中摆放几座假山，这也会造成山清水秀的假象，让我们即使行走在花园，也能享受大自然的乐趣。当然，如果想要整个花园看起来具有层次感，我们还可以在花园中设计台阶，这也是非常美观可取的办法，让我们感受不同层次带给我们不同的情感和欢乐。

很多人都喜欢在花园建造喷泉，这也是一种很好的风景，但喷泉是一个经常要管理的景致，这让我对其有点反感。因为如果水池的水不经常更换的话，就会像一潭死水，恶臭无比，而且还会滋生很多蚊虫和细菌，这对人的健康是很不利的。如果能够想到一种方法能让水池的水保持明净和流动的话，将有利于池水保持干净，而且也有利于花园的环境。为此，我认为如果能够把这个问题解决，那么在花园设有喷泉也是一件赏心悦目的事情。

还有，如果喷泉喷出来的形象如果能够多变一些，这或许会让人的心情能够更好，像现在有一些旋转式的喷泉，也有一些花式的喷泉，也有喷洒式的喷泉，等等。我们可以从这些样式中进行选择，这会为自己的花园增加视野效果和感觉更美观和有档次。

另外，为了让池水保持干净，我认为最好不要在池中饲养动物，如金鱼之类。否则我们就要定期对水池进行清洁，这是一件常人很难持之以恒的事情。花园中难免有枯叶杂草，一旦它们飘落池中就会积聚垃圾，而且水池经常处于潮湿的状态，这将使池中的这些垃圾腐烂，最后滋生各种各样的细菌及蚊虫，影响花园的环境，为此，一定要定期放水清理水池的垃圾，这样才能让花园的环境保持清新洁净。

总的来说，水池对于一个花园来说缺点是大于优点的，如果非必要还是不要建造为好，免得自己和家属都因为喷泉的存在引起多种疾病，如登革热等。

对于花园的第三部分，通常都是一些空地。对于这种土地我认为维持原状会比较好，这也是花园的风景之一。因为总不能所有地方都井然有序吧，凌乱美也是一种美。像那些有小丘的地方，我们可以种上枝叶茂盛的树，在树下面种上一些受阳光影响比较小的花，这样当我们在树下乘凉的时候，就能闻到各种花香。还有我们可以根据这个地方的不同地形种上不同的花，通俗地说就是可以自由发挥，为此，我们可以多搜罗一些自己喜欢的花，然后细心打理，这也是花园的一处亮点。

相对而言，这些花比较好打理，而且存活率很高，还有它们都有自己特有的幽香，如百里香、石竹、石蚕花、长春花、紫罗兰、夜樱草、雏菊、红玫瑰、铃兰、熊掌花等。另外，我们也可开垦一些荒地，种上一些疏果，如马铃薯、草莓、杨桃、木瓜、香蕉、西兰花、紫薯、洋葱等等，过上自给自足的生活。在闲暇的时间还可享受一番做农民的乐趣，这是何等快活的事情。还有当这些植物都长得差不多时，我们要及时修剪，这样才能在凌乱之中有找到秩序的美。

花园中总有一条中心的路径，这条路是其他小径的主干，就像树干一样支撑着整棵树的枝叶，让它们在其供给的养分中成长壮大。在这条路的两则我们要么种上树，要么插上篱笆，这样才能让这个主干成为一道风景。大多数的人都喜欢在两旁种上树木，而且这些树木通常都不是很高大，但枝繁叶茂，有利于在烈日当空的时候遮挡猛烈的阳光。另外，他们还喜欢在这些植物下面种上一些小花，当然这些花的数量一定要控制得当，否则它们就会成为竞争对手，互相争取养分，导致大家都瘦骨嶙峋，不堪入目。

还有的人喜欢在两旁种上果树，当春天的时候，各种水果的花瓣会随风而下，而且还送来阵阵的幽香。夏天的时候初春长出的叶子不再嫩绿，变成十分吸引人的墨绿色，而且在叶子的下面都隐藏着小果实，让人憧憬秋天的收获。到了金秋，果树的果子成熟，到处都果实累累，让人目不暇接，十分诱人。当乘凉的时候突然感觉口渴，随手一伸就得到了解渴的甘露，这是何等惬意的事情。到了冬天虽然幽香已尽去，抬头也不见果实，但冬日的阳光透过树枝传送到自己的身上，感觉不温不火，十分舒服。

花园的面积很有限，但很多人都认识不到这一点，把自己想象的东西都用在花园设置上，这样花园看起来十分饱满，甚至难以喘气。对此我很不认同。我认为花园的设计除了添加自己喜欢的东西外，还一定要注意一点就是舒服，试问种满密密麻麻果树的花园能长出厚实的果子吗？试问种满鲜花的花园能够清香扑鼻吗？所有问题的答案都是否定的，那么我们何必浪费资源，浪费心力去打理，这只会让自己得不偿失。这样愚蠢的行为我们必须摒弃，必须理智地分析，这样我们才能物尽其用。也有的人喜欢设置中央花园，中央花园是一个花园的核心，如果要处理好不是一件容易的事情，况且这个地方是一年四季人们聚居最多的地方，能做到冬暖夏凉就最好不过了。

有的人因为花园的面积不小，因此会在这里养上小动物，如家禽、小鸟、鸽子等等。但我认为最好不要沾染这些东西，毕竟它们会产生粪便，而且也需要进行喂养，那么周围的环境就会凌乱不堪，甚至十分不卫生，沾染很多的细菌，这些细菌有时很容易被人感染，引发病症，更有甚者药物也不能治疗，为此，我建议还是不要触碰这些东西较好。

这是一些皇家花园的蓝图，或许形容得不是很贴切，但相信也是很多人的梦想花园。

Chapter 47

谈商榷

正常来说，正面商榷事宜要比书面商榷有成效得多，因为我们在与人商榷的时候能观察对方的表情、身体语言、说话的语气、眼神是否坚定不含糊等，这些都有利于我们了解一个人的真实心理活动，从而判断其话语的真伪，为商榷的结果做好准备。

当然，如果认为事情比较重要，而且需要留下一些资料保障自己的话，书面商榷是比较有益的，这样我们就能保留这些书面材料，并且对于那些条款含糊、不完善的地方也能及时修正，保护双方的权益，这对事情的发展是很有帮助的。但之于商榷的效率来说，正面商榷比书面商榷要有效率得多。

如果我们商榷的事情矛盾较深或问题较多的时候，最好进行书面商榷，同时最好邀请第三方见证，这样才有利于商榷的成功。

当我们委派别人去完成任务时，最好委派那些诚信之人，因为他们一旦答应帮忙完成某事，就会竭尽全力，直至把任务顺利完成。另外，即使遇上什么困难或在处理任务的时候发现什么问题，他们都会向你如实交代，让你对整个事情都了如指掌。这是那些奸狡之人做不到的。还有一种人也是比较适合帮助我们完成任务的，就是那些热心的人。这种人做事很有热情，而且效率比较好，完成的质量也很有保障。

除此之外，我们还要因材施用，这对于事情的完成也是非常有帮助的。有勇气的人比较适合与人谈判，机警的人比较适合了解别人的心思，能言善辩的人比较适合去劝服，而那些粗心大意的人则比较适合去捣乱，甚至留下痕迹。当然，如果一个人既有勇气又机警，而且能言善辩，那么这种人是非常抢手的，因为当他们与人商榷的时候，能比较准确地揣摩别人的心思，然后有针对性地与其进行谈判，并能发挥自己能言善辩的能力让对手屈服于其条款，因为对方没有任何反驳的理据，这就促成商榷任务的完成，有助于自己谋划的事情的顺利发展。

一个有智慧的人，是能准确揣摩谈判对手心思的人。在绝大多数情况下，开门见山的方式比较容易遭到别人的拒绝，除非你想让对手在没有防备的时候以最快的速度把事情解决，让对方感受到你的压力的话，那么这种方法是可取的，否则就会让别人感觉你过于功利，对你有所排斥，最后导致商榷失败。如果你发现一个人完全没有商榷的兴趣，仅仅是来应付自己时，也可尽快结束谈判，这对双方都比较有好处。

与人商榷的时候，切忌主动与对方谈到条件，毕竟很多时候大家都是互利的关系，并没有谁对谁的义务，这时如果你谈条件，别人就会感觉你是在漫天要价，也会阻碍商榷事情的完成。但如果任务的完成要求对方要有所牺牲时，就另当别论了。另外，与人商榷的时候最好让对方知道与你合作的好处，让他们看到愿景，从而增加他们对你的良好印象，这也是商榷成功的关键。

为此，对事情进行商榷无非是让对方了解你是一个怎么样的人，是否值得信任。之于你也是一样的，而且通过了解对方的心思，采取相应的行动，这对事情的发展是很有帮助的。当对方感觉到你是值得信任时，就会把自己的心思表达出来，又或者会对你有所希冀，又或者会放下成见和戒备，又或者对你有所求，等等。所有这些真实情感都会因为对你的信任无法隐藏，是情不自禁的、最好的表达。

当我们要任用掌控一个人时，就要从这个人自身的特点出发。如掌握他们的性格特点，又或者了解其弱点，又或者了解他的目的、意向等，这就有利于我们劝导他为我们服务又或者威胁他帮助我们完成任务。虽然有点不仁义，但这些方法真是很好用。

当我们和年长、经验丰富的人进行交谈时，我们要适当保持缄默，让对方逐渐说出意图，或引导他们说出意图，这样我们就能有针对性地采取行动，这也是化被动为主动的有效方法。

在商榷中，不要以为事情一开始就会进行得很顺利，这只是我们单纯的想法。任何事情如果要成功成熟必须要花一点时间，这也有助于双方进行考察，从而知道对方是否是一个很优秀的合作伙伴，最后开花结果。

Chapter 48

谈追随者

有几种追随者是十分不受欢迎的。如那些代价高的追随者，代价高不但体现在金钱上，也体现在强迫别人帮助自己，并且喜欢死缠烂打的人。这种追随者比较功利，一旦不能满足他们的条件就会削弱被追随者的势力，甚至要付出比较高昂的代价。为此，追随者提出的要求应该是被追随者的能力范围才可以，一旦超出范围只会严重影响双方的关系，导致得不偿失。那些借助别人的力量对别人进行打击报复的追随者也是十分不受欢迎的，因为他们追随别人不是为了与别人步调一致，而仅仅是因为对某些人心怀不满，利用被追随者的力量对其进行打击报复罢了。这种现象在政府部门的党争中经常可以看到。那些喜欢到处招摇的人也不是一个很好的追随者。不知道是否是虚荣心作怪，这种人总喜欢在人前人后泄露被追随者的信息，并且很喜欢抬高自己贬低别人，这就会引起别人对他的不满，也毁坏了被追随者的名誉，导致自己被人厌，甚至被排斥报复。还有一种人就像拥有千里眼和兜风耳一样，总是喜欢打探被追随者的秘密或一些重要的行动，然后把自己了解到的事情兜售给那些有需要的人，说到底就是内奸一名，这种人也是非常不受人欢迎的，但这种人通常是被追随者的心腹，而且他们自己也很喜欢讨好被追随者，因此消息十分灵通。

为此，作为一个君王或地位显赫的人，他们都需要那些忠诚老实的被追随者，只要他们不过分专横跋扈，不过分张扬，不过分得民心等，都会成为一位很成功的追随者。

那么什么人是值得人们追随的呢？相信是那些能够知人善用、因材施用的人了。这种人很清晰追随者们的性格特点、才能、优势、缺点等，并能根据不同的情况委派不同的人去完成任务。如在风气很差的环境中，即使有些人有点目中无人，由于其能力超群，那么我们也只能对其缺点视而不见，让他们为自己解除困局，处理好问题。又像一般情况下，最好任用那些比较忠诚老实的人，因为这种人即使能力欠佳，也能把事情尽善尽美地完成，也能诚实交代事情的进展，让你把握当中的利害关系。还有一个有智慧的被追随者，他们通常都不会破格录用某些所谓的能人异士。因为有的人总因为自己升迁渠道特殊，而变得目中无人，甚至让别人对其产生不满和嫉妒，这将不利于被追随者的管理，甚至导致某些事件严重滞后，影响事情的发展。被追随者还可以对那些贤人施以恩惠，因为通常来说很多人都具有感恩的心，当你在其困难的时候伸出了援手，对方也会感恩戴德，尽心尽力地为你做事，而那些本来在追随你的人也会因为你的大仁大义和恩泽尽心尽力地为你提供服务。

刚开始任用别人的时候不要让其拥有太多的权利，因为这只会助长专横的苗头，我们必须要合理地进行授权，局面才能在我们可控的范围内。另外，当我们在听取别人的意见时，要善于综合各种意见的优缺点，这样才能得到一个比较明智的主张。当我们做了某个决定后，不要随意改变，否则只会让人觉得你太善变，枉费了执事者精力和时间，从而产生不满。一旦我们对事情还是有所怀疑的话，我们可以咨询几位自己比较信任的朋友或亲属，因为很多事情旁观者往往比我们看得更透彻，也只有这种把别人事情当成自己事情的人才能荣誉与共，将心比心。

Chapter 49

谈请求者

在生活中经常会遇到这样的现象：明明知道某些事情是社会道德不允许的，但还是有很多人希望别人帮助自己完成这些事情以谋取自己的利益。这种人的道德观是有问题的。然而，有些受托者的道德也有问题，当一个人请求自己做某事时，他们就会考虑做这件事对自己有什么好处或坏处，一旦发现没有任何利益可取，就会推却这些事情，让他们自生自灭。而有的人却表里不一，即使心里明明不愿意帮助别人，但在口头上却答应别人。当别人大安旨意地等待结果时，他们却十分拖沓，甚至根本没想过要开始行动，时间在一分一秒中过去，最后得到的结果竟然是没有完成。但也有一些人很功利，帮助别人后希望别人记着自己的恩惠，能对自己有所报答，甚至要求物质上的利益，让所有的事情看起来都那么现实和毋庸置疑。也有一些人之所以答应帮助别人只不过是一种权宜之策，因为在他们看来这人是阻碍自己事情发展的障碍物，这使得他们的事情无法顺利发展，为此，他们答应请求者的事情，但从来也没有想过伸出援助之手，并且希望请求者永远都找不到能够帮助他们的人，以保障自己的利益。

这样的例子是多不胜数的，无论你多么怀疑，这也是社会存在的现实现象。为此，我们在请求别人的帮忙时一定要认真权衡利弊，只有这样我们才能避免自己遭受伤害或导致自己想要完成的目标无法完成，或不能及时抓住机遇，让自己后悔莫及。事情都有是非曲直，职权都有功过，我们必须具体问题具体分析，不能因为自己的误判让自己损失金钱、时间、名誉等。所以，当我们面对审讯的时候，如果所谓的公义偏向强势的一方，那么我们一定要利用自己的威信调停双方的矛盾，只有这样才不会把事情做得太绝。如果一个背景强势，但能力平平的人想要争夺高位，那么不要认为诋毁强劲的对手就能让自己获得升迁的机会，这只会让人感觉到你的野心。如果我们遇到的事情并不是自己的强项，那么我们就一定想方设法得到相关人士的专业意见，但我们在选择这类人的时候一定要非常谨慎，因为当今社会的竞争十分激烈，这要求我们一定要认清谁是敌谁是友，这样才能更好地保障自己，保障自己的权益。

与此同时，我们一定要端正自己的思想态度。当有人需要我们的帮助时，我们一定要诚实对待，能帮忙就坦诚地答应，不能帮忙也如实相告，只有这样我们才能赢得别人的尊重。另外，在帮忙的过程中还要和请求者保持联系，及时告诉他事情的进展以及遭遇的问题，需要其提供的信息等，这些都会让请求者感到踏实。当事情完成后，就按照事前谈好的条件执行，该是多少报酬就要多少报酬，不能事后狮子开大口，否则只会损毁你自己的形象，让请求者看清你的真面目。

另外，帮助别人的时候，很少会一次就能成功，很多时候都要重复几次，这就需要我们拥有耐心。还有对于请求者提供的消息我们也要学会感恩，如果不是他们我们根本没法了解到这些信息。当这些信息对自己有帮助时，也要端正自己的态度，不能因为一己私利失信于别人。当我们帮助请求者的时候，一定要学会站在他的立场想问题，这样我们就能知道事情对于请求者的价值，然后就能将心比心地为其服务。在实施的过程中，对于请求者以外的人一定要对事情的进展闭嘴不言，否则只会让那些有机心的人运用各种方式阻碍事情的发展，拖延或阻碍事情的完成时间和效果，这都是不允许的。

请求的时机也是我们请求别人帮助时需要考虑的因素。这个时机包括被请求者有没有这样的时间，在这个阶段进行这个事情是否合适，会不会被别人阻挠事情的发展，还会不会有其他因素等等，这些都是我们进行一件事情时需要考虑的因素，只有这样我们才能确保事情能够顺利完成。

什么人才能让我们把事情顺利完成，这就需要我们对被请求者做出选择，但通常那些实事实干的人比那些大权在握的人要好。因为他们的思想比较纯粹，也不会涉及太多的利益问题，这样的人一旦答应帮忙，通常都会全力以赴，并且懂得把事情的进展向你进行汇报。而那些大权在握的人虽然能力并不比实事实干的人差，但他们的思想比较复杂，甚至有时让人难以揣摩他们的心理活动，这也让我们感到不安全。毕竟如果事情不重要，对我们没有价值，我们就不会请求别人的帮助了。

为此，即使我们向别人请求帮助的时候遭到拒绝也没必要垂头丧气，因为别人没有任何义务要帮助我们。但很多时候向那些具有影响力的人请求帮助是很少会遭到拒绝的，只要请求的事情不损毁他的名誉，或者这些事情对社会没有任何危害，甚至很有意义时。所以，我们自己也必须要端正态度和思想，这样才能使想要实现的事情更有价值。

Chapter 50

谈读书

读书有时是人们的消遣活动，有时是人们获得知识的源泉，有时是人们表现能力的资本。之所以这样说，是因为当我们无事可做的时候，总不能白白浪费光阴，做一些有意义的事情也会让自己感觉不枉费青春，而读书就是一种很好的消遣方式，它不但能让我们了解社会存在的各种各样的现象，也能让我们洗涤自己的心灵，让自己保持乐观的生活态度。在一些需要使用知识的场合，读书能让我们把自己了解到的真知灼见都表达出来，这样也不至于因自己头脑空乏而无法与人交谈，读书能让我们增加与人交谈的谈资，保持生气勃勃。当一个人读的书足够多时，我们的大脑就像海洋一样，总是深藏着很多鱼类，甚至有很多都是不为别人所知的，这就是我们与他人的区别，也是我们自身拥有的无价资本。

当然，我们读书不是为了让自己在人前拥有显摆的资本，仅仅是为了让自己拥有独立思考的能力，对事情做出准确的判断。在社会生活中，每个人的思想态度都有所不同，但我们不能因为自己读的书比较多，了解的事物比较多就看不起别人，或经常在人前嘲弄别人，让别人感觉无地自容，这是一种十分不礼貌的行为。还有读书能让我们懂得很多解决问题的办法，但我们不能照搬书中的方法，毕竟理论和实践是有差异的，总不能一成不变地采用书中的办法，这只会让自己变得呆板，甚至让事情不能顺利处理。正确的做法应该是实事求是，从实际出发，这样我们才能在灵活应变中把事情顺利解决。

另外，读什么书、怎么读，都是我们需要考虑的事情。在我们的生活中，书从来都没有缺乏过，但有的书需要细读，才能把握当中的精华，有的书却只能走马观花，因为他们没有多少可读之处。有的书要选择性地阅读，因为除了一些精华部分外，其他都是一潭死水，没有多大的价值。如果我们想要快速知道一本书的具体内容，可以先阅读前言，然后翻看一下目录，最后看一下内容摘要和简介，这样我们就能比较容易把握这本书的大概内容也知道其风格，甚至可以判断这本书是否值得一读等等。

读书能使我们变得睿智，读书能使我们的眼界开阔，读书能让我们进行哲学性思考，读书能使我们做出正确的判断，读书能避免我们变得无知，读书能让我们思想进步……总而言之，读书的好处有很多，就像我们学习数学能够拥有逻辑性思维，学习自然能了解自然现象，动物的生活规律；学习化学能知道事物之间的结合有时是化学反应的结果，学习物理能让我们知道很多电器的知识和工作的原理等等。为此，我们不能放弃读书，也可把读书作为一生的活动节目，就像俗话说的那样：活到老学到老。

世界存在的现象是多种多样的，即使耗尽我们的一生还是有很多我们没能学习到的知识。另外，除了学习知识，我们还要学会培养自己的思维，让自己能够进行哲学性思考，如果心智不够成熟，我们也可以通过读书能培养获得等等。因此读书能让我们心灵的缺陷都得到补偿，犹如这个世间存在的疾病一样，都各有医理。

Chapter 51

谈党派

有的人处理事情的能力十分低下，总是喜欢讨好某一个党派，甚至把实现他们的愿望和利益摆在首位，对于这样的人是一个十分不明智的人。最好的做法当然是把大众的愿望和利益都实现，即使他们存在不同的党派之中，但因为各自的愿望和利益都实现了，冲突自然就减少。这种治理之道也是明君的治理之道，也能让那些党派认为其很公正，不偏不倚地为他们服务，最后赢得民心的归顺。

当然，加入任何党派都一定要审慎选择，毕竟这对自己的仕途是有很大的影响的。如果你在朝中的势力十分微薄，甚至自己的背景也不算强大，那么依附某些党派对自己也是一种很好的保护方式。但如果你势力强大，而且背景十分雄厚，那么就不要依附于任何党派了，最好保持中立，否则就会让君主敏感起来，毕竟没有任何一个君主会喜欢那些威胁到自己位置的人。另外，那些初入仕途的人如果要依附于某一党派，动作一定不能太明显，这样就可避免让其他派别对你产生敌视的情绪，也能更好地处理与其他派别的关系，这对于仕途的发展也是十分有好处的。

正常情况来说，那些弱势的党派是比较团结的，而且当竞争到来的时候，他们都能成功地击败那些看似十分庞大的派别。当这个庞大的派别瓦解后，其他的派别也会自然瓦解，这种现象在历史上经常能够看到，像庞培和恺撒曾被鲁库拉斯等贵族组成的党派排挤，并且联合起来对抗他们，但因为力量不足导致失败，当这个党派瓦解后，庞培和恺撒的合作关系也随之瓦解。又像安东尼和奥克塔威亚努斯曾经联合起来对抗布鲁塔斯和拉西亚斯，布鲁塔斯和拉西亚斯的党羽被他们铲除后，安东尼和奥克塔威亚努斯这个组合也同时瓦解，并且势成水火。这种现象在国家政要方面体现得非常突出。他们经常拉帮结派团结起来对抗那些与自己意志相背的人，当这些势力被铲除后，就会自然分裂，然后根据其他利益再团结起来进行打斗，最后又再瓦解，又再组成新的帮派，周而复始。

人们之所以进行党派勾结无非是为了保障自己或获得某些方面的利益，一旦这些党派瓦解，他们就会根据自己的需要组织成新的党派，然后利用这个党派的力量保护自己或谋取利益。当然在一个党派之中也会有其他小的党派，这些小党派表面忠于自己的党派，但其实都有各自的目的和图谋，但也有的人虽然加入了党派，但很多时候都会保持中立，从来都不会再把自己的身份细分。

这样即使真是发生什么事情，他们都不会受到什么伤害，或许还能从他们的党争之中渔人得利。

在意大利的宗教教主通常被人们称为“人民的父亲”，这在很多人看来都不过是他们掩饰自己欲望的幌子，因为在众人之中很少有能够做到只有集体没有个人，每个人都是有私欲的。另外，身为一国之君的君主，也要洁身自爱，不能偏向任一个党派，这只会助长这个党派的势力，变得目中无人，甚至威胁到你的位置。为了保障自己，一定要做到一视同仁，不偏不倚。法兰西就遭遇过因为党派问题动摇君主地位的事件，因为这个国家的君主偏向这个国家的某一个党派，这个党派就利用王权到处招摇，就像自己是王一样，最后导致其他党派联合起来推翻王权，并让这个横行无忌的党派灰飞烟灭。为此，作为君王一定要规范好自己的行为，只有这样才能保证这个国家正常运转。

Chapter 52

谈礼节仪容

如果你是一个十分有能力、资质聪敏的人，那就一定要懂得包装自己，因为即使被世人称道的宝石，也是要经过加工才能彰显其闪烁的魅力。为此，我们一定要注意自己的仪容仪表，这样就会给别人一个良好的印象，当有好的事情时，别人也能够想到你。

一个有智慧的人除了知道仪容对自己的作用外，也十分懂得礼节的作用。就像那些商人，他们大部分都很少关注那些获利能力高的产品，因为这些产品通常需要比较大的投入，他们最喜欢的就是那些细小的利润，然后积少成多，让自己拥有财富。生活之于每个人很少会有什么大的事件让人们都知道你，但从生活的细节中人们也能判断你是一个怎么样的人，从而对你产生好感，当这些事例积少成多后，我们给别人的印象也会变得巨大无比。为此，我们一定要注意自己的言行举止，并让这些言行举止变成自己的良好习惯，这样就能让我们无时无刻都表现出彬彬有礼的形象。

彬彬有礼的形象通常就是人们为自己所写的一封举荐书。

——伊莎贝拉

如果你本人的行为不算太得体，那么我们可以学习那些经常被人们赞誉和欣赏的人的行为，从他们身上学习优点，然后把这些优点转化为自己的优点，这样我们也会受到别人的尊重和喜爱。当然，模仿别人的时候一定要有所选择，不能把那些做作的行为都据为已有，否则又会有弄虚作假之嫌，每个人的眼睛都是雪亮的，都不喜欢那些做作之人，这让人感觉十分不真实，倒不如你自信自己的行为十分得体，做真正的自己相信更让人喜爱。

有些人的行为举止都十分优雅，像一首浪漫的诗歌，似乎在行动以前就经过反复的推敲和思考，因此没有什么缺点。但这些行为怎么样才能赢得别人的好感然后成就大事呢？相信有智慧的人都清楚当中的答案。当你对别人有礼貌的时候别人也会礼貌地回应你，当你对别人很粗鲁的时候，别人也会以粗鲁回应你，当你尊重别人的时候别人也会尊重你。人们往往判断一个人是否懂得礼节，第一印象占据很大的作用。为此，当我们第一次与素未谋面的人见面时，一定要注意自己的仪容仪表，礼貌节操，这样我们才能给对方留下一个良好的印象，并且有继续交往下去的欲望。

就像我们帮助一个人的时候，不要让被帮助的人感觉你是在显摆自己的能力，或许让他感觉你能做成这些事情是易如反掌的，一定要让他们感觉你是在关心他，这样他才会感恩有你的帮助。又像凡事一定要保持谦虚，不要过分张扬，否则就会有爱出风头之嫌。又如与下属相处的时候不要太摆弄领导的姿态，不妨与他们亲近一点，或许能获得更多的尊重。又如当别人发表了自己的见解后，你不要一味赞同他们的观点，最好使用先抑后扬的方法，这样也有利于别人感到我们的真诚以及用心。又如当一个人的能力真是十分优异的时候，我们不要经常夸赞他，这只会让那些视你为敌人的人感觉你是在奉承他人，这样的话语传到当事人那里也不算是一件好事，或许会重新审视你。还有当我们要处理一件十分重要的事情时，不要被太多的条条框框限制，这只会使自己成事不足败事有余，是得不偿失的。

看风的人无法播种，看云的人无法收割。

——所罗门

机会从来都属于那些有准备而且能够灵活应对的人，如果一个人的能力经常被自己所谓的大仁大义所限制，那么他们就不能充分发挥自己的才能，导致事情失败。在保持礼节的基础上让自己自由发挥吧，这样才能让自己顺利完成事件，获得自己想要获得的东西。

Chapter 53

谈称赞

美名犹如芬芳的油膏。

——《圣经》

通常经常被别人赞美的人都是那些拥有才干和美德的人，他们无论做什么都会让人们情不自禁地进行褒奖和赞扬。

对于赞扬我们必须区别清楚，如果是那些能力平庸的人对自己进行赞扬我们一定要学会有所保留，因为他们对才德的认知很浅薄，甚至没有定义，仅仅是因为你的能力在他们之上，让他们产生羡慕或忌妒的情绪罢了。当你的行为比较低级普遍时，因为他们没能做到，因此对你赞不绝口。当你的行为属于中等水平时，因为在他们之上，也是他们难以达到的事情，他们就感觉你像神一样拥有非凡的能力。当你的行为属于比较高级而且难以模仿时，他们却面无表情，因为在他们看来这不算是才德。但如果赞美你的人是那些德高望重的人时，我们也不要过于兴奋，一定要保持谦虚，否则会助长自己自负的情绪。

赞美的理由有很多，我们必须保持理智，客观分析对待，这样我们才能保持清醒的头脑，不被那些恶意的赞美左右自己的行为。像一个人经常对很多人说同一句赞美的话语，那么这个人就有阿谀之嫌；如果一个人很懂得你喜欢听什么样的话语，什么样的话语会让你感到高兴，那么这个人是一名十分奸狡的人，因为他知道投其所好带给自己的好处。如果有的人很喜欢高贵化你的弱点，而且说的话语远远偏离了实际，让你得意忘形，忘乎所以，那么这个人奉承的功力可以说是无人能及，因为他深知人性的弱点，而且喜欢反其道而行。一旦你的意志不够坚定就会像被其下了迷药一般，让自己迷失方向。

当然，真心实意的赞扬是存在的，他们不过是看到某人的才德自发说出来的话语，通常这种话语是不加修饰，十分真诚的。就像我们对一些君主和伟人的称赞一样，仅仅是因为他们的伟大影响震撼我们的心灵，让我们有感而发。

为此，我们一定要注意称赞的对象和时机，否则一旦处理不当就会让别人抓住把柄，把我们真心赞美的话语当成是奉承，这就像一个受了伤的人一样，即使痊愈也留有伤疤，如果要伤疤退去是需要一定的时日的，如果我们没有耐性，相信也不能等到伤疤退去的日子，最后只会让这些污名陪伴自己的一生。

另外，如果我们能恰如其分地赞美一个人，那么我们就会让这个人处于赏心悦目之中，这有助于他们提高做事的效率和质量，这是百利而无一害的。当然，这个度的把握是因人而异的，不能一概而论，否则也只会让自己招致别人的忌妒、反感和污蔑，而不知就里的人如果相信了这些人的话语，那么我们无论怎么解析也是没有任何用处的。

还有的人很喜欢吹嘘、抬高自己，相信没有多少人会喜欢这样的人，因为这种人都没有实干精神，只会说大话。但如果你要夸赞自己的职业和责任时，这也是未尝不可的事情。就像圣保罗在夸赞自己的时候很懂得话语的选择，在说话以前他总是谦虚地说："请容许我为自己辩解一下。"然后说到自己的职责时，他就会说："这是我的义务，是我的使命，是无可推却的责任。"如果一个人能够说出这样的豪言壮语，相信没有多少人会觉得讨厌，甚至听完后也会斗志激昂，尽心尽力地完成自己的任务和责任。

Chapter 54

谈虚荣

对于虚荣，在《伊索寓言》中有一个故事很有代表性，就是有一只苍蝇依附在车轮上，马车在前进的时候，地面就会扬起很多的灰尘，这只苍蝇就吹嘘着说："你看，我能扬起漫天的灰尘。"

在生活中有很多这样的苍蝇，只要事情与他们有一点点关联，他们就会认为这是他们努力的结果，然后不断地在自吹自擂，好像任何事情都是他们的功劳一样。这种人其实是很惹人讨厌的，毕竟做这事奉献最多的马都没有说出这样的豪言壮语，但这只微不足道的苍蝇竟然敢在人前邀功，你说这是多么让人愤恨的事情。

喜欢夸耀自己的人通常都是那些喜欢比较的人，他们希望通过比较满足自己的虚荣心，让别人认同他们的能力。与此同时，因为他们的虚荣心作怪，很多秘密都不能让这些人知道，因为他们一旦知道就会拥有吹嘘的资本，最后导致这些秘密不再成为秘密。

在政治斗争的场地上，需要这样一名虚荣者，因为他们的存在会让政治竞争的气氛活跃起来，他们是活跃气氛的催化剂，是某些政要提高政治地位的推手。在政治的官场上，如果一个人想要提高自己的声望，让人们知道自己为国家都贡献了什么，用自己的嘴说出来通常就让人感觉其十分自负。但如果通过这些喜欢自夸的人说出来就能更好地烘托自己的能力，让人们透过自夸者知道自己的能力和贡献，从而增加公众对他的好感，这对于一个人的政治生涯来说是大有裨益的。

除此之外，如果我们想要两个国家联合起来对抗外敌，那么我们可以在这两个国家的政要面前不断夸赞敌方的能力，这样就会让这两个国家提高警惕，联合起来抵抗外敌，增加成功击退敌人的概率。又像一个人想要提高自己在两个人中的影响力，那么他可以分别在两个人面前自夸与另一方的关系如何密切，这样也会使这两个人想要和你亲近，拉拢关系，以提高自己在这二人中的影响力。为此，与其说自夸的人在说谎，不如说他们把处世的艺术掌握得淋漓尽致，让自己收获颇丰。

在战场上，将领和士兵都要拥有虚荣心，这样才能更好地激发自己战斗的勇气，因为谁都想让自己变得伟大，让自己功不可没。又像在冒险的事情中，那些拥有虚荣心的人通常都能让事件进入白热化的阶段，从而激发人们的斗心，然后鼓起勇气奋勇向前。那些沉稳之人只适合用来压船舱，不适合用来乘风破浪。又像如果一个人想要让人知道自己知识渊博，也不妨使用一些手段吹嘘自己的，这或许能让自己快速地被人知道，就像撰写《蔑视虚荣》这本书的作者也不介意自己的名字出现在封面上。又像哲学家苏格拉底、盖伦、亚里士多德等都是一些拥有虚荣心的人，正因为他们的这些特质，让世人知道他们这个人和他们的作品，最后让自己和作品都广为人知。又像西塞罗、小普尼利也有这个方面的特质，最后让他们名垂青史，永葆生机。

由此可见，虚荣并不是一件坏事，它是我们表现自己能力的助推者，是我们被人所知的催化剂。当然这当中一定要把握一个度，因为如果虚荣心占据自己整个心灵，那么我们的一言一行就会表现得不可一世，这样是十分让人讨厌的。为此，我们必须要把握虚荣的度以及虚荣的场合，这样才能把虚荣变为优点，让自己在虚荣中获得想要的东西。

相信没有比小普利尼更懂得运用虚荣这门艺术的人了。对于那些能力比自己低的人，我们一定不要吝惜对他们进行赞扬，因为他们值得赞扬的话，你就更值得被赞扬了。对于那些能力比我们高的人，我们就更不能吝啬了，因为他们不值得被赞扬的话，你就更不值得被赞扬了。

因此，拥有虚荣之心的人是虚荣的奴隶，因为他们经常被虚荣支配，让自己被轻视、被羡慕、被崇拜。

Chapter 55

谈荣誉

很多人把荣誉作为一生的追求，为此，他们在人前人后都喜欢说自己的贡献，喜欢说自己拥有的才德，自己拥有的智慧等等。当然，作为听众很少会对这些行为予以否定，也很少因为这些行为对你有所崇拜。

当然，这个世界也不乏谦虚之人，他们很喜欢在人前收敛自己的光芒，很喜欢隐藏实力，这让人们过于低估他们的实力。但如果一个人完成了其他人完成不了的事情，或许做了别人做过，但做得不太完美的事情，那么他们得到的荣誉将要比后来者要高得多，因为每个人都很喜欢那些先驱者，先驱者往往要比别人付出更大的勇气、更多的精力才能把这些事情顺利完成。

如果一个人的智慧十分健全的话，就会把自己的行为考虑得面面俱到，这样不但普通民众会知道他们的贡献，连同那些国家政要或君王都能知道他们的能力和贡献，这样他就会接收到来自社会各界的赞誉，从而让自己名声大噪。

如果一个人做某件事得到的耻辱要比获得的名誉大得多，那么这个人就注定是一个失败者，因为他从来都没有珍惜自己的劳动成果。通过比较产生的荣誉通常是光芒四射的，因为这是他们打败自己竞争对手的铁证。为此，如果我们要获得荣誉，就要比对手的能力更高，智慧要更多才有可能实现。一个人之所以能够声名远播，这是他们身边的人作用的效果。如果你是一个有智慧、有才干，而且对下属或侍从都十分好的人，这些人就会把你的名声广而传之，让世人知道这个世上有这么一个你。与此同时，这也会招人忌妒，消除忌妒最好的方法是把功劳归功于神，这就能让人们认为这些都是天意，而并非因为你的才干和谋略才得以让事件成功的。

对于君王的名誉，细分起来有五个等级，最低级的当然是那些“人民之父”，因为国家在他们的治理下长治久安、国富民强、繁荣昌盛，这样的君王多不胜数。第二个等级属于那些能够开拓疆土、为自己的国家强大、壮大做出贡献的仁君。第三个等级就是那些解放民众思想的君主，这些君主通常能让公众从内战中解脱出来，建造一番新的景象，成为民众拥立的对象，是非常得民心的。像奥古塔斯大帝、奥瑞利安努斯、英王亨利七世、法王亨利四世、外斯帕显等就是这样的君主。第四个等级属于国家的立法者，因为通常他们制定的制度对于国家的治理都有非常大的贡献，而且这些贡献作用的时间比较长，是其他人不能模仿的，这样的君主有索伦、埃德瓦、可尔戈斯等等。最高级别就属于那些开国之君，如果没有他们的奋斗努力，就没有这个国家的存在，像恺撒、罗缪刺斯、依斯迈尔、萨拉斯等等。

君王存在名誉的等级，臣民当然也存在等级了，也可把他们划分为五个等级。第一个等级就是那些被人们称为君王左右手的人，他们经常把国家的事务摆在首位，忧国家所忧，喜国家所喜。同时，一旦接受了任务，他们就会全力以赴，而且奋勇向前。第二等属于那些将军、统领、士兵，为国家抛头颅洒热血的人，也即为国家卖命的人。第三等属于那些宠臣所有，因为他们经常陪伴君王的左右，为其解忧，这是十分有利的事情。第四等属于那些能臣，他们不但能自主解决问题，也能做到在其位谋其职的人。最高的等级属于那些能为国家的发展壮大牺牲生命的人，正因为他们的无私奉献，才让一国之根基稳固，就像瑞古拉斯和戴亚斯父子等。

Chapter 56

谈司法

一名合格的司法者是十分清晰自己的职责的，他们是法律的解释者和执行者，而并非立法者。为此，司法官们一定要摆正自己的姿态，不要过分自负，否则就会像《圣经》中提及的罗马教会一样，打着《圣经》法律条文的旗号，篡改条文，甚至捏造条文，让其成为一国之法律，并大逆不道地称为是“新法”。

作为一名合格的法官，相对于机智应该更要注重学问，相对于欢心更要注重尊严，相对于自信更要注重谨慎。为此司法官们一定要严格要求自己，这样才能避免错误的发生，毕竟作为一名司法者，一旦行为错误造成的后果是非同小可的，就像有的人说错判不过是为清澈的河水增加一件垃圾，但判决不公就会污染河水的源头，影响整个河流的水质。这些事情都是非同小可的事情，影响一个国家的法律地位，影响臣民对国家的忠诚度，更有甚者会影响一个国家的威信。纵观古今，司法者与社会的各种关系都是非常密切的，尤其是以下这几种：诉讼者、律师、部下、君王、国家共五种。

司法官与诉讼者的关系是非常密切的，因为司法者手中握着的司法权有可能会让诉讼者过上不一样的人生。诉讼者之所以把自己遭遇的事情交给法律，无非是想要一个公平的判决，可以维护自己权益，如果司法者稍有不慎做出不公的判决，就会影响他的声誉，而且还会使公民怀疑国家法律的公平性。对于诉讼者而言，不公平的诉讼等于自己被压迫，而且这个压迫有可能会影响自己的一生。为此，作为一名合格的司法官，是绝对不允许这种情况发生的，任何使法律变质的东西他们都会果断舍弃。

作为一名司法者，还要有一双基于事实做出判断的眼睛，这才能避免那些无事生非的人浪费国家的资源，他们最重要的职责是除去暴力和诈骗，因为暴力使人的身体遭受伤害，而诈骗在精神上和物质上都会对人造成困扰和伤害，对于这些行径，作为一名合格的司法者一定要严加遏制，并对施暴者进行法律制裁，让他们反省自身。

法律能让那些做了坏事的人受到制裁，但罪恶的程度是有所不同的，作为一名司法者一定要把握刑罚的度，不能采用一成不变的判决，必须具体问题具体分析，这样才会让那些罪犯恰如其分地反思自己的行为，改过自新，重新出发。尤其是那些刑法案件，违反刑法的人的罪恶都不会是很微小的，但不同的人对自己犯下的错误有不同的态度，而且促使他们犯罪的原因也是多种多样的，因此，作为一名司法者一定要客观分析问题，这样才能避免自己做出不公的判决，才能让那些罪犯接受最公正的刑罚，然后静思己过。一旦对刑罚的工具使用不当，就有可能让这个工具成为虐民的工具，最后严重影响法律的权威性。

司法者也是一个感性的动物，但在面对审判的时候一定要保持理智和谨慎，怎样的判决才是最公平的判决，这是他们需要严肃思考的问题，这样才能让人们用平静的心接受法律的制裁。为此，司法者一定要掌握整个案件的事实，从实际出发，理性分析，然后根据法律作出公平公正的判决。当然，法律不外乎人情，虽然司法者不能掺杂自己的主观情绪，但也必须怀有一颗仁慈的心，这样才能让那些因为特殊原因导致触犯法律的人得到最公平的审判。

司法官与辩护律师的关系也是他们需要处理的重要关系。作为一名合格的司法者，一定要有耐性，尤其是律师在举证的时候。还要学会保持沉默，静心聆听，筛选信息，然后判断证据的合理性，做到心中有数，但也不可把自己的想法表露于人前，因为或许还有其他重要的证供还没有披露出来，这些都是影响整个诉讼事件的关键。为此，作为司法者绝对不能是一个唇枪舌剑的人，不能针对某些事情发表自己主观的意见，一定要保持客观，细心分析，静心思考，这样才能发现事件最本来的面目，让自己做出公正的审判。总而言之，作为司法者一定要做到四件事：其一是审视证据的真伪性；其二是约束辩护律师的言语，不能让其说出太多不切实际的诡言；其三是重复辩护人的证供，落实证供的准确性；其四是指示审判准则。除了以上这四件事外，司法者最好不要在庭审时做出其他多余的举动，这也会影响你的权威性，让人们对你的能力产生怀疑，从而怀疑审判的公正性。

在庭审之中，有些律师能力很高；辩护证据和供词的采纳率极高。为此，作为一名公正的法官一定要对他们的客观分析能力给予赞同，这样就会使其委托人相信他的能力，然后全力协助辩护，提供客观的理据。但也不排除有些辩护人为其委托人掩盖暴行，提供不符合客观实际的理据，甚至喜欢危言耸听，对于这种辩护人的行为，司法者应该做出严肃的批评，毕竟在法律面前是不容许任何人做出虚假的辩论的，这是对法律的蔑视，对庭审的不尊重，对司法者的侮辱。所以，一名合格的司法者，十分清晰自己的职责，而且对自己也非常严格，也只有这样才能维护国家法律的尊严，毕竟是国家法律的代言人。也只有这样才能避免他人对自己的判决存在异议，对自己加以咎病。

司法者与部下的关系也是一个比较难处理的关系。司法者毕竟只有一个人，一个人的力量是十分有限的，因此必须借助其他人的力量，为司法者提供帮助，这样才能促成公正的审判。但在司法部门这个地方总是存在各种各样的“寄生虫”，他们利用职权之便影响审判的结果又或者影响司法部门的工作效率，让司法部门的运转不能正常化，这种“寄生虫”通常有四类。其一是那些喜欢包揽诉讼的人，他们平日很喜欢挑弄是非，无中生有，使法院的案件多如大山，但实际能够受益的民众少之又少。其二是那些喜利用职权谋取小利的人，他们经常向人们鼓吹法院的力量，并煽动他们用法律维护自己的权益，然后收取一些小利益，导致司法院的压力十分巨大，甚至喘不过气来，但这些人的口袋却越来越肥大。其三是那些职权较高的人，他们喜欢利用自己的职权对某些案件的真实性进行屏蔽，让司法者看不到事件的真实，最后影响判决结果的公正性。其四是那些利用职权对诉讼者收受利益的人，他们总认为，一只羊为了让自己继续生存，即使损失一点点羊毛也是在所难免的。正因为这些人的存在，才导致人们怀疑司法部门的公正性，作为一个有法纪的国家，一定要铲除这帮害群之马，才能保证国家法律的权威性。

当然，在司法部门总有一些正义之人，他们很清晰自己的职责，也能分清是非黑白，而且经验丰富，处理事件十分老到。这种人往往是法官最好的助手，也是保证判决公正性的重要人物之一。

司法者与君王和国家的关系比任何关系都要密切，因为司法者也是君王的部下之一，他们不过是代替国君行驶司法权罢了。一个公正的司法官对君主和国家而言是百利而无一害的，因为他们经常要和臣民打交道，他们的判决是否公正直接影响公众对国家的忠诚度以及民心所向。为此，作为一名合格的司法者一定要清晰自己之于国家的作用，并且还要与国君保持联系和沟通。因为一国之法并不是一成不变的，一定要根据实际进行修正，让其更公正，更容易被绝大多数人所认同，这样才有利于君王对国家的统治。另外，君王颁布法令的执行者是司法官，司法官应该审慎考虑法令的权威性，然后向君王提出修改意见，这样才能让法令在符合客观实际的基础上得到颁布，才会使这些法令更加惠民，让人们看到国君的仁德，如此，民心的归顺就成为理所当然的事情了。

另外，作为一名司法者一定要清晰自己的位置，我们都不过是君王的一名部下，所有的法令都要以支持君王的政策为先导。为此，我们绝不能明知故犯，罔顾法纪，一定要在遵照君王的命令的前提下实施法令，这样才能避免自己的判决与国家的政策产生对立，这无形于自打嘴巴。就像圣徒保罗说的那样：法律的好处的确很多，但一定在合适的时候采用合适的法律，否则将会使这些法律变得一无是处。

Chapter 57

谈愤怒

斯多噶派曾主张彻底消除愤怒，只要有点常识的人都知道这是不可能的，因为每个人都会有愤怒的时候，即使能一时三刻抑制下来，但最后也会在其他渠道爆发的。为此，当我们要愤怒的时候就愤怒吧，没必要考虑太多，否则只会让自己生病。另外我们尝试讨论一下如何用兴趣和习惯改善愤怒的情绪，还有当我们十分愤怒的时候如何遏制这种情绪，让自己避免遭受伤害，或蒙受损失，最后我们还要思考一下如何让别人停止愤怒，恢复平静。

愤怒就像坠落之物，坠落时自己也粉身碎骨。

——塞奈客

要以耐性来保护我们的灵魂。

——《圣经》

愤怒的情绪一旦产生是很难抑制的，为了让我们保持平静，我们必须要有自制力，自制力并不是人们与生俱来的特质，是需要训练的。为此，我们一定要学会忍耐，能够忍耐的人是具有耐性的人，他们能化悲愤为力量，然后对让自己愤怒的事情视而不见，成功地转移注意力。如果一个人不能做到这些，就会像塞奈客说的那样，因为愤怒而粉身碎骨，这样的代价似乎太大了。如果我们发现愤怒的情绪很难控制，不妨先逃离现场，这也可避免毁灭性的事情发生，让自己不必后悔自己的所作所为。

愤怒的情绪只会让我们变得恶劣，而且这种情绪非常容易掌控那些意志力薄弱的人，如老人、小孩、病人、妇女等等。为此，我们一定要锻炼自己的自制力，用自己的自制力约束自己的行为，那样我们就能成功逃离愤怒对我们的控制。除此之外，我们还要蔑视愤怒，这样愤怒就会显得非常弱小，也会让我们对其变得视而不见，有利于我们继续奋勇向前。

了解导致愤怒的因素能让我们对症下药，这也是快速消除愤怒的有效方法。总的来说，导致我们产生愤怒情绪的因素有三。其一是对伤痛过于敏感。这种情况在现实生活中经常碰到，人们总是喜欢把自己受到的伤害放大，从而产生愤怒的情绪，而且这种情绪一旦产生就会很难遏制。但如果这些伤害只是发生在一个意志坚强的人身上的话，那么他们对这些伤害是没有任何感觉的。其二是因为自己遭受别人的蔑视。对于这种情况在日常生活中经常会碰到，本来一个人遭受伤害后是没有多大的感觉的，却因为自己的伤害遭到别人的蔑视让人很难接受，最后只能燃烧愤怒的怒火。其三是因为某些事件损害了一个人的名誉，这样也会使人们产生愤怒的情绪。对于这一点相信不用做任何解析人们也清楚当中的意思，因为谁也不愿意别人玷污自己的名誉，这等于践踏自尊。

治疗愤怒情绪的最好方法是时间。时间是治疗伤害最好的药物，没有任何药物比时间更能让人们的伤痛消失得无影无踪。但时间的药效毕竟比较缓慢，我们在愤怒发生的当时当刻最好利用自己的自制力遏制愤怒的情绪。如果我们的自制力不能让我们成功地摆脱愤怒对我们思想的控制，那么我们一定要避免自己犯以下两种错误，一是不要说极端且刻薄的话语。极端且刻薄的话语会让听者感到你原来是十分不喜欢他的，而且应该长期是这样，这就会对听者造成伤害，甚至离去。当你情绪平复即使想要抚平对方的伤口，相信也是需要时间的，毕竟没有人喜欢自己成为别人的发泄工具，更不喜欢没有任何理由而接受你那些非客观而且非常锐利的锋刀伤害。二是不能因为愤怒中断那些十分重要的事情。因为每个事情的成功都是要讲求时机的，一旦错过时机想要从头再来是不可能的，为此，我们一定要控制好自己的情绪，不要被愤怒阻碍自己前进或伤害身边重要的人。否则一切都是难以恢复的。

愤怒是一种普遍的情绪，但愤怒给人们带来的伤害往往也是最难估量的，既然这样我们必须要控制好自己的情绪，避免他人利用我们的弱点乘虚而入，从而中断自己正在进行的重要事情。另外，我们也要在愤怒爆发的时刻思考一下为什么自己会产生这种情绪，然后分析原因是否果真如此让人愤怒，一旦你能成功分析，就会发现他们其实十分弱小，没必要因小失大，让自己追悔莫及。

Chapter 58

谈变易兴亡

太阳底下没有新鲜事。

——所罗门

由此可见，在所罗门看来，这个世界存在的事物都是没有变化的，只是我们缺乏发现这些事物的眼睛。又像柏拉图说的那样，所谓的新知识其实都是旧知识，之所以认为是新，不过是我们忘记了旧罢了。但有一位玄学星理大师却提出相反的说法。在他看来世界上只有恒星的运动是永恒不变的，对于其他事物都是不断变化的，而且变化的速度非常快，不是人们的肉眼能够发现和看到的。

世间的万物都是在不停地运动，而且从来不会停止。威胁人类生命最厉害的两种自然灾害是洪水和地震。这两种灾害的力量十分强大，而且经常是悄无声息而至，导致人们在其到来的时候显得很慌乱。或许正是因为这样的特点，它们时常杀人于无形，也是人们即使通过智慧也很难准确预测的。

火灾和旱灾的危害性虽然也非常大，但也不至于让物种灭绝，相对于地震和洪水而言，它们的杀伤力不算十分巨大。像那以利亚虽然经历了三年的旱灾，但很多人还是熬过了这个逆境。又像西印度曾经因为雷电过猛导致森林起火，但也只是对森林的某个片区产生影响罢了。也有人曾经说过西印度遭遇了地震灾害，导致这个民族几乎灭绝。但纵观西印度的历史，我们可以发现它发生地震的机会不大，而且该地的人口虽然少，但生还的人数还是不少，这或许是因为他们拥有高耸的安第斯山有关。另外，在他们国家的周围有很多的大洋，这些大洋比亚洲、非洲、欧洲的大很多，因此他们应该经常会遭遇洪水，才致使他们成为旧世界一个比较新的民族。

很多人对世界有很多的猜测，认为世界每到某一个阶段就会重新开始，如果真是这样，那么柏拉图的千年说是很有可能发生的。如果重生真会存在，那么我们这个时代是世界演变的第几个时代呢？这些都会引起人们的好奇心，并且会乐于对这些事物进行猜想。就像人们经常谈论到彗星，其实彗星处于世界的什么方向人们都无从知晓，因为对于人们来说它不过是满天星星中的一颗，至于它是不是像我们生活的世界那样有生物、植物、河水、大洋等，人们都无法得知，很多关于彗星的说法都不过是人们对它的想象罢了，然而对于其真实性则不是人们能够探究的问题，毕竟它离我们实在是太远了，远得我们根本分不清楚。

曾经听说荷兰的气候是具有周期性的，好像是35年一个周期，这个周期发生的洪涝、旱灾、严冬、酷夏、大霜等都会在这35年中重演一次。我曾经对这个周期也很感兴趣，毕竟如果事实果真如此，人们就能在灾害到来以前做好准备，这样遭受的困难就会小很多。但如果翻阅一下荷兰的历史，你会发现这种说法并非没有依据的，好像的确存在这样的周期，但一切还有待考证。

以上说到的现象都是自然现象，对于其中的真实性还是需要我们进行考究的。为此，我们先将其放下，来说一说我们很关心的人事问题。关于人事问题，我们就离不开对宗教的讨论，因为宗教就像地球一样，是恒星们的主心骨。为此，对宗教的变易兴亡进行研究，就能知道人事的变易兴亡。那么我们先从宗教的起源进行讨论，让我们了解人事起源的规律性。

刚开始的时候人们都信奉一个宗教，但在有人的地方必有矛盾和党争，这样就会促使这个教派进入衰亡，甚至分裂。那么当时主持这个教派的人物必定会被其他与其背道而驰的人中伤，然后抓住时机推翻其统治，建立一个全新的，而且被人们推崇的新的教派。在这方面比较有代表性的教派就是穆罕默德教派。任何教派能在竞争中生存必定是因为以下的两种因素，如果缺乏其一他们都不可能在乱世中突围而出。其一是懂得笼络人心，通常使用的方式是颠覆、篡夺、推翻固有的权威，这样就会使那些看似坚不可摧的权威在现实中衰落甚至灭亡。其二是允许他们寻欢作乐，自由自在。对那些迷乱人们心智的邪说，很多时候都只会影响一小部分人，除非这些邪说有政治势力的支持，否则一切都是空谈，没有任何发展的机会，更不要说源远流长了。

有三种方式能促使教派成立：其一是天降异象，人们利用异象蛊惑人心；其二是通过演讲或其他方式煽动人们的意志，变不可能为可能；其三是利用武力。人类是一种经常能够创造奇迹的动物，如那些所谓的殉葬行为，相信拥有这种力量的人的能力是非同小可的，因为没有谁能在没有任何理由的情况下做出如此举动。还有的人显得超凡脱俗，与众不同，这种人也是奇迹的创造者之一。

阻止新教派兴起，那么就要从细小的事情开始，因为很多新教派都是那些旧教派分裂得而来的。另外，对于那些旧教派存在的弊端以及分歧我们一定要及时处理，这样才能避免新教派的产生。当新教派有兴起的苗头后，还要主动抚平那些教主的情绪，不妨采用奖励的方式，这样也能遏制新教派的兴起。

除了宗教会变化外，军事也会发生变化。通常它变化的内容都与战争有关，如场地、武器、策略等。纵观历史，战争的发生通常是由东至西的，像亚述人、波斯人等都是东方人，而西方人的代表是高卢人。东西两边发生的战争只有两次：一是盖来西亚战争，二是罗马战争。但南北战争就很不同，发生战争的地点通常是在北方，或许与这里的气候有关。这里长年被冰封，人们的身体十分强壮，或许正是因为他们拥有这样的身体条件才致使他们十分好战。

每个国家都有其败落的时候，败落的时候就是战争爆发的时候。因为在一个国家的鼎盛时期，国君为了保持综合国力，经常压榨民脂民膏，导致民愤大增，引起颠覆起义，最后只能宣布帝国衰落或覆灭。像罗马、日耳曼等国家都经历了相似的历史事件。西班牙估计也要遭受这样的厄运了，因为当地的民众被压榨得苦不堪言，民愤的汹涌程度就像洪水一般，当堵堤崩解，洪水就会泛滥，直至覆灭这个国家。

对于那些野蛮的民族，如果要保持实力就一定要控制人口，人口过多或过少都会影响这个国家的发展。如果人口过多就会人满为患，变得尔虞我诈，每个人都为自己的利益奋不顾身，铤而走险，这对于一个国家来说是十分危险的。动荡的社会环境导致人们无法安心生活，最后为了保存利益，不顾国家安危。因此，到了这个时候通常都会鼓励民众移民，以减轻你争我夺带来的负面影响。当一个国家走向衰落，这个国家的民众是非常富有的，这就会促使那些窥视他们财富的人发动战争，把这个国家的财富都据为己有，更有甚者还会把这个国家的国土变为自己的国土，让其从此在这个世上销声匿迹。

对于武器的变化没有多少历史资料可做参考，但纵观历史，武器的发展也是非常快速的。在印度奥克西克斯城早就有大炮的历史资料记载，马其顿人甚至称这些大炮为“雷电”。如果真要认真考究就会发现，大炮这种武器在两千多年的中国就已经使用。一种拥有杀伤力的武器，应该是那些射程远、攻击力大的武器，这样既能减少武器对使用者的伤害，也能把敌人一举歼灭。当然，携带方便也是一个重要的考虑因素之一。

对于作战的战略也是有变化的，刚开始的时候人们都知道兵马越多，战胜的机会就越大，因此经常招兵买马，让自己的军队不断壮大。后来人们发现边境的重要性，为保卫自己的家园，他们在边疆扎营，若外国军队来袭，他们就会在边疆把敌人杀害，避免影响国家的安定，但毫无阵型可言。到后来有智慧的将领明白阵型的重要性，然后相处各种各样杀敌的阵型，提高作战的效率等等。

在一个国家建立的初期，其军事力量是最强势的时候；到了中期，军事力量仍然强大，但其学术也得以发展；到了中后期，学术发展壮大，但军事力量相对较弱；到了后期，工业和商业因为学术的发展得以壮大，但军事力量却变得非常残弱，因此，这也意味着这个国家将要走向衰败。这就好像一个人一样，在婴儿期精力十分旺盛，不断地学习和模仿，然后创新。当时机成熟，他们运用自己的知识让自己不断壮大，甚至无可匹敌。但到了中年，精力有限，只能专注某一方面，就像有的人专注财富而忽略健康。到了后期，所有的事情都到了极限，导致其倒退，最后甚至都不能照顾自己。这就是人生的规律，这样的例子多不胜数，只要我们足够细心，就能随手拈来。

Chapter 59

谈谣言

谣言经常被诗人们提及，他们很喜欢运用优美的辞藻来形容谣言，就像他们论述一只从没被世人见过的怪物一样，总是充满神秘感：这种动物相信没有多少人遇到过，它们的眼睛从来都不长在头上，而是在翅膀的下面，而且数量也比普通动物多二十倍。眼睛分布在身体的两侧，但十分凌乱，时不时还发出碧绿的光。另外它们的头很畸形，好像有嘴巴也好像没有，让人难以触摸。另外，它们的耳朵像水牛的角一样长，但形状十分怪异，就像一片枯叶一样。当然最好不要随意接近它们，因为它们的警觉性很高，或许是因为它们有很多眼睛，能够一眼观七，同时动作非常迅猛，当它们突然跃起，在你还没有反应过来的时候它们已经从天而降，让你猝不及防。但如果你有能力把它们驯服，它们就会像忠诚的小狗一样对你俯首帖耳，十分友好。这种动物在这个世界是否存在，我们姑且不做讨论，毕竟这是很难去考究的，而事实上也没有多少人见过这种动物，有点像虚传的东西，也很有可能是谣言。

以上说的内容是谣言的一种，这种谣言或许只是诗人们的想象，是他们笔下的作品。但谣言之于军事是非常复杂的。很多军事领导者都喜欢利用谣言掩人耳目，让对手做出错误的判断。什么是谣言，谣言是如何产生的，真假谣言要如何区分等等，这些都是我们要讨论的话题，这个话题有点大，让我们很难掌控，但为了知道它们是怎么发展起来，怎样才能制止谣言对人们的伤害，我们也不妨了解一下谣言的性质。

相信谣言之于军事的作用是非常大的，在恺撒时代，人们为了打倒庞培，于是采用了散播谣言的策略。刚开始的时候他们先让庞培转移在军事上的注意力，让其精力用于其他方面，然后散播谣言说恺撒已经没有视他为对手，打算放弃政权，以争取时间让高卢赢取战争，然后集中力量攻击意大利，最后庞培猝不及防，导致战败。又像缪西亚努斯为了打败委泰利亚斯散播了这样的谣言：委泰利亚斯要把叙利亚的军队调配到日耳曼，日耳曼的军队调配到叙利亚，日耳曼的士兵听到这件事感觉委泰利亚斯十分不仁义，于是举兵起义，让其军队元气大伤。又像奥古斯都的妻子丽维亚在奥古斯都身患重病的时候为了稳定政治局面，好让自己的儿子登上帝位，于是散播谣言说奥古斯都的病情好转，很快就会重新执政。又像土耳其的贵族们打算推翻政权，于是把土耳其皇帝逝世的消息封住，然后让皇帝的亲属继续横行霸道，引起民愤，洗劫君士坦丁堡。这样的例子多不胜数，为此我们就不一一论述了。但作为一国之君，绝不能忽视谣言的力量，一定要严肃对待谣言，辨别真伪，这样才能让自己更好地统治国家，统治军队。